Willi Meinck

Der Pfefferschotenhändler

WILLI MEINCK

Der Pfefferschotenhändler

Indianische Sagen und Märchen

Illustrationen von Bernhard Nast

Der Kinderbuchverlag Berlin

ISBN 3-358-00606-9

5. Auflage 1988

Lizenz-Nr. 304-270/263/88
Gesamtherstellung: Karl-Marx-Werk Pößneck V 15/30
LSV 7518
Für Leser von 11 Jahren an
Bestell-Nr. 629 193 1
00450

Land der Morgenröte

Die Tolteken

Vor langer, langer Zeit kamen die Tolteken ins Land Anahuac und gründeten die Stadt Tollan. Sie waren begabte, geschickte Handwerker, und ihre Schöpfungen waren über alle Maßen schön. Sie bauten Tempel mit Säulen in Gestalt einer Schlange, sie errichteten Häuser aus Steinen und verzierten die Wände mit Türkismosaik, sie fertigten Geschmeide aus grünen Edelsteinen an, aus Türkisen und Jade, sie formten Gefäße aus Ton und schmückten sie mit Malereien.
Große Künstler waren auch die Amanteca, die Schilde und Kleidung mit Federmosaik versahen und den kostbaren Federschmuck anfertigten. Unter ihren Händen entstanden aus den Federn der Quetzalvögel, der Kolibris, der Reiher und Waldhühner vollkommene Meisterwerke.
Auch in der Heilkunde waren die Tolteken erfahren. Ihre Ärzte waren Weise, die die Wirkung der Kräuter erforschten und viele neue Heilmittel entdeckten. Man sagt, daß sie ihre ärztliche Kunst gewissenhaft ausübten.
Neben Malern, Töpfern, Zimmerleuten, Federwerkkünstlern, Spinnern und Webern genossen die Gold- und Silberschmiede und die Steinschneider besondere Wertschätzung. Ihre Gehilfen zogen durch das ganze Land; sie hielten sorgfältig Umschau und erforschten die Berge, Höhlen und Steinbrüche. Sie fanden Silber, Gold, Kupfer, Blei, Mondmetall, Amethyste und Bergkristalle und brachten es auf ihren Rückentragen nach Tollan. Bis zum Rand des großen Himmelswassers drangen sie vor, um Perlen für die Armbänder und Halsgeschmeide zu beschaffen.
Die toltekischen Gelehrten waren klug und nachdenklich. Auf den Gipfeln der Berge beobachteten sie den Lauf der Gestirne und ihren Einfluß auf das menschliche Schicksal. So enträtselten sie die guten und bösen Vorzeichen,

bekamen Kenntnis von den vielfachen Himmeln und ihren göttlichen Bewohnern und schrieben das Buch der Träume, in dem jeder Tag unter einem besonderen Zeichen stand. Sie entdeckten, daß es in Wahrheit zwölf Himmel gab; und es hieß, daß über die zwölf Gottheiten der Große Himmelsfürst Zwei Herr mit seiner Gemahlin Zwei Frau gebot. Vom zwölften Himmel sanken die Seelen der Erdbewohner herab und gingen in die Leiber der Mütter ein.

Die Tolteken waren rechtschaffene Leute und sagten immer die Wahrheit. Sie waren größer als gewöhnliche Menschen und liefen sehr schnell. Ihre Sänger waren im ganzen Lande berühmt. Sie dichteten wunderbare Lieder und Gesänge, deren Wohlklang die Herzen erfreute; und da sie sehr fromm waren, galt der schönste Gesang ihrem Gott Quetzalcoatl.

Tollans goldenes Zeitalter

Solange Quetzalcoatl König von Tollan war, litten die Tolteken keine Not. Es herrschte Überfluß an allen Dingen, und die Lebensmittel hatten keinen Preis. Jeder konnte hingehen und holen, was er brauchte. Die Kürbisse waren so groß wie Berge, die Maiskolben so lang und schwer wie Mahlsteinwalzen, und das Gemüse wuchs so hoch wie Palmen, so daß man hinaufklettern mußte, wenn man es ernten wollte.

In der Ebene und an den Berghängen standen gewaltige Bäume mit farbiger Baumwolle. Jeden Morgen fielen von den Zweigen Flocken herab, gelbe und grüne, schwarze und orangefarbene, weiße, brennendrote, braune, blaugrüne und zartrosafarbene. Auch gab es allerorten Blumenkakao.

Die Berge waren mit dichten Wäldern bedeckt, in denen

es den grünen Quetzalvogel gab, den karminroten Löffelreiher, den bunten Kolibri, den gelben Trupial, den blauen Türkisvogel und verschiedenartige Singvögel mit kostbaren Schmuckfedern.
Solange Quetzalcoatl in Tollan regierte, gab es niemals eine Hungersnot, und seine Untertanen waren so reich, daß sie mit den nachgewachsenen kleineren Maiskolben ihre Schwitzbäder heizten. Auch waren Edelsteine und Edelmetalle in solchen Mengen vorhanden, daß sie keinen Wert besaßen.
Quetzalcoatl, der die Tolteken das Kunsthandwerk lehrte, wurde wie ein Gott verehrt. Sein Tempel war ein hoch aufragendes Bauwerk mit einer steilen Treppe, deren Stufen so schmal waren, daß kaum ein Fuß darauf Platz finden konnte. Am Ufer des Stromes, der durch das Land floß, befanden sich die Stätten, wo Quetzalcoatl seine Kulthandlungen verrichtete: das grüne Edelsteinhaus, das Goldhaus, das Muschelhaus, das Türkishaus und das Quetzalfederhaus.
Wenn der König in einem der Häuser weilte, durchstach er sich das Schienbein und bestrich mit seinem Blut die Spitzen der Agavenblätter. Um Mitternacht ging er zum Strom und badete am Türkiswaschplatz.
Wollte der König einen Befehl übermitteln, so schickte er einen Boten zum Berg des Schreiens. Dort wohnten die Herolde, und sobald ihre Rufe ertönten, die im ganzen Land gehört wurden, eilten alle Tolteken herbei und erfuhren, was Quetzalcoatl ihnen befahl.
Die Priester ahmten die Lebensweise ihres Herrn nach. Sie beherzigten seine Gebote und verschmähten Menschenopfer. So geschah es, daß die Befehle Quetzalcoatls als Gesetze von Tollan überall in Anahuac anerkannt wurden.

Der berauschende Trank

Eines Tages, nach einer langen, glücklichen Zeit, kamen drei Zauberer ins Land. Sie trieben sich in verschiedenen Verkleidungen auf den Märkten herum und verkündeten, daß Tollan bald zugrunde gehen würde. Einer von ihnen verwandelte sich in ein altes Männchen mit weißen Haaren und gekrümmtem Rücken.

Er begab sich zum grünen Edelsteinhaus und sagte zu den Dienern: »Ich will euren Herrn Quetzalcoatl sehen.«

»Geh fort, Alterchen«, erwiderten die Diener. »Unser Herr ist krank. Du darfst ihn jetzt nicht belästigen.«

Aber der Zauberer ließ sich nicht abweisen.

»Es ist sehr dringend«, sagte er. »Ich muß euren Herrn auf alle Fälle sprechen.«

»Also gut, Alterchen, dann werden wir unseren Herrn fragen. Warte draußen vor dem Tor, und komme ja nicht herein.«

Sie schickten einen Diener zu Quetzalcoatl, um ihn zu benachrichtigen.

»Mein Fürst, draußen vor dem Tor steht ein altes Männchen mit weißen Haaren und gekrümmtem Rücken. Wir haben den Mann weggeschickt, aber er will nicht gehen, ohne dich gesehen zu haben. Er sagt, er müsse dich dringend sprechen. Es sieht so aus, als ob es eine Falle für dich ist.«

Darauf sprach Quetzalcoatl: »Der Alte möge hereinkommen; denn ich erwarte ihn schon seit zehn Tagen.«

Der Diener führte ihn herein. Der Alte begrüßte Quetzalcoatl und sagte zu ihm: »Wie geht es dir, mein lieber Enkel? Ich bin von weit her gekommen, denn ich hörte, du seiest krank. Darum habe ich dir auch gleich Medizin mitgebracht. Trink sie!«

»Komm näher, Alterchen«, sprach Quetzalcoatl. »Du hast Mühsal erduldet, und ich danke dir. Meine Diener mögen dir neue Kleider geben. Es ist wahr, ich bin sehr krank. Meine Hände und Füße sind kraftlos, und mein Leib ist wie abgestorben. Warum hast du mich so lange warten lassen? Ich rechne schon seit zehn Tagen mit deinem Kommen.«

Der Alte trat näher.

»Hier ist die Medizin, mein geliebter Enkel. Sie wird dich berauschen und wieder gesund machen. Du wirst einschlafen, und wenn du aufwachst, wirst du weinen, weil du dich in deinem Herzen verwaist fühlst. Und du wirst daran denken, wohin du gehen sollst.«

»Wohin soll ich denn gehen, Alterchen?«

»Nach Tlillan Tlapallan, dem Land der Morgenröte. Dort triffst du einen weisen alten Mann. Er wird dich beraten, und wenn du zurückkehrst, wirst du wie neugeboren sein. Trinke nun die Medizin.«

»Nein, Alter! Ich werde daran sterben.«

»Trinke nur. Oder meinetwegen – stelle den Trank vor dich hin, bis es dich danach gelüstet.«

Quetzalcoatl roch den verlockenden Duft und wandte sich ab.

»Vielleicht kostest du ein wenig?« fragte der Alte.

Quetzalcoatl steckte den Finger hinein und kostete, und es mundete ihm so gut, daß er einen Schluck davon nahm.

»Was ist das?« fragte er. »Ich fühle mich ganz leicht, und es scheint, als weiche die Krankheit von mir.«

Der Alte sagte: »Die Medizin ist gut, o Quetzalcoatl. Du mußt die Schale leer trinken, dann bist du wieder kräftig wie ein Jüngling.«

Quetzalcoatl trank nun die Schale leer und wurde betrunken; denn die Medizin war Wein aus dem Saft der süßen Agave. Er versank in einen tiefen Schlaf, und als er am Morgen erwachte, war der Zauberer verschwunden.

Da weinte Quetzalcoatl und dachte daran, daß er bald sterben müsse.

Quetzalcoatl besaß eine Tochter, die sehr schön war und von vielen Tolteken als Frau begehrt wurde. Aber der König wollte sie niemandem geben. Sie lebte im Palast unter der Obhut ihrer Dienerinnen und kam nur selten hinaus.
Da erschien eines Tages der Zauberer auf dem Markt, der dem König den berauschenden Trank gereicht und in ihm das Verlangen nach dem Land der Morgenröte geweckt hatte. Diesmal hatte er sich in einen jungen Huaxteken verwandelt, der mit grünen Pfefferschoten handelte. Der Zauberer setzte sich vor das Tor des Palastes und pries seine Ware an. Seine wohlklingende Stimme drang bis zum Ohr der Königstochter und weckte den Wunsch in ihr, den Händler zu sehen. Heimlich verließ sie den Palast, und als sie den Huaxteken sah, erschien er ihr so schön, daß sie mit ihm fortgehen wollte. Zum Glück kamen noch rechtzeitig ihre Dienerinnen herbeigelaufen und brachten sie in den Palast zurück.
Darauf wurde die Königstochter sehr krank und weigerte sich, Speise und Trank zu nehmen.
Quetzalcoatl trat an ihr Lager und fragte: »Was ist nur mit ihr geschehen?«
Die Dienerinnen antworteten: »Ein Huaxteke, der grüne Pfefferschoten verkaufte, hat sie behext.«
Da geriet der König in Zorn und rief seine Vertrauten zusammen. Und er befahl ihnen, den Huaxteken herbeizuschaffen, ganz gleich, wo er sich jetzt befinde. Und wenn er ihnen nicht freiwillig folge, sollten sie ihn gefesselt vor sein Angesicht führen.
Die Vertrauten des Königs suchten den Huaxteken in der ganzen Welt, und als sie ihn nicht fanden, kehrten sie traurig zurück. Da befahl Quetzalcoatl, alle Tolteken auf die Suche zu schicken.
Die Herolde eilten auf den Berg des Schreiens und gaben

den Befehl des Königs bekannt: »Tolteken, hört, was unser Herr Quetzalcoatl verkündet! Geht in alle Richtungen und sucht den Huaxteken, der vor dem Palasttor grüne Pfefferschoten verkauft hat. Und wenn ihr ihn gefunden habt, bringt ihn vor das Angesicht unseres Herrn. Zögert nicht, Tolteken. Die Tochter des Königs nimmt weder Speise noch Trank zu sich; denn der Huaxteke hat sie behext.«

Die Tolteken machten sich auf die Suche. Zuerst spähten sie in jeden Winkel Tollans, stöberten in jedem Strohhaufen herum und durchsuchten die entlegensten Gehöfte. Dann zogen sie im ganzen Land umher, ohne die Spur des Huaxteken zu entdecken. Müde kehrten sie schließlich nach Tollan zurück und benachrichtigten den König, daß sie den Huaxteken nirgendwo finden konnten.

Die Königstochter war inzwischen so schwach geworden, daß sie nicht einmal mehr die Lippen bewegen konnte. Und die Ärzte befürchteten, sie werde bald sterben. Da erschien der Huaxteke wieder auf der gleichen Stelle vor dem Palasttor und bot seine grünen Pfefferschoten an. Die Wachen ergriffen ihn und brachten ihn vor das Angesicht des Königs.

»Wer bist du?« fragte Quetzalcoatl. »Wo bist du zu Hause?«

»Ein Huaxteke bin ich und verkaufe Pfefferschoten.«

»Ich habe dich überall suchen lassen. Du hast meine Tochter verhext. Sie ist ganz krank geworden, seitdem sie dich gesehen hat. Gehe zu ihr und mache sie gesund!«

»Mein verehrter Fürst«, erwiderte der Huaxteke, »ich bin nur ein Händler mit grünen Pfefferschoten. Was verlangst du von mir? Ich kann deine Tochter nicht heilen. Töte mich, wenn du mir nicht glaubst.«

»Nein, fürchte dich nicht. Du sollst am Leben bleiben. Besuche meine Tochter, und wenn du sie heilst, soll sie deine Frau werden.«

Da begab sich der Huaxteke an das Krankenlager, und als die Königstochter ihn sah, wurde sie wieder gesund. So geschah es, daß der Huaxteke des Königs Schwiegersohn wurde.

Sieg der Zwerge und Krüppel

Als die Tolteken hörten, daß die Tochter des Königs den Pfefferschotenhändler geheiratet hatte, fingen sie an, über Quetzalcoatl Witze zu machen und Bosheiten zu reden. Sie sagten: »Seht nur, was für einen vornehmen Schwiegersohn er sich geangelt hat.«
»Einen betrunkenen Huaxteken hat er in seinen Türkispalast aufgenommen.«
»Wen wird er wohl für seine zweite Tochter auswählen? Einen Schlammnasenverkäufer etwa, der statt Krebsfleischpasteten gebackene Regenwürmer verkauft?«
Und einige behaupteten sogar, der König sei nicht mehr richtig im Kopf, seitdem er das berauschende Getränk zu sich genommen habe.
Da die Bosheiten öffentlich auf den Märkten erzählt wurden, kamen sie auch dem König zu Ohren. Er rief daraufhin alle Tolteken auf dem Versammlungsplatz am Berg des Schreiens zusammen und sprach zu ihnen: »Ich weiß wohl, was über mich geredet wird. Ihr lacht über mich, weil ich mir einen Huaxteken als Schwiegersohn genommen habe. Habt ihr denn vergessen, daß er meine Tochter von einer schweren Krankheit geheilt hat? Aber genug nun; hört, was ich euch zu sagen habe!
Die Leute von Coatepec haben uns den Krieg angesagt und sind auf dem Marsch nach Tollan. Zieht ihnen entgegen und vernichtet sie! Nehmt den Huaxteken sowie alle Zwerge und Krüppel in eure Mitte und laßt sie im Stich, sobald es zur Schlacht kommt. Wenn ihr mir den Pfefferschotenhändler aus dem Weg geschafft habt, braucht ihr

keine Bosheiten mehr auf den Märkten zu reden. Zögert nicht; denn der Feind steht schon an den Grenzen unseres Landes.«
Die Tolteken eilten nach der Rede Quetzalcoatls zu den Waffen und brachen am kommenden Morgen auf. Der Huaxteke und die Zwerge und Krüppel Tollans zogen mit ihnen in den Krieg, wie es der König geboten hatte. Unterwegs sagte der Huaxteke zu seinen Gefährten: »Fürchtet euch nicht, ihr Zwerge und Krüppel! Ich wende alles zum Guten, und ihr werdet hochgeehrt nach Tollan zurückkehren.«
Sobald sich die feindlichen Heere gegenüberstanden, gruben die Tolteken die Zwerge und Krüppel bis zur Brust in die Erde ein, und zum Schluß ergriffen sie den Schwiegersohn Quetzalcoatls, der ihnen ins Gesicht lachte, und gruben ihn ebenfalls in die Erde ein. Dann forderten sie die Leute von Coatepec zur Schlacht heraus, fochten jedoch nur zum Schein und flüchteten in die Berge.
Der Huaxteke aber sprach zu seinen Gefährten: »Seid unbesorgt, ihr lieben Zwerge und Krüppel. Hier an diesem Ort werden wir die Krieger von Coatepec verderben. Springt aus euren Gruben und greift zu den Waffen!«
Da spürten die Gefährten des Huaxteken plötzlich gewaltige Kräfte in sich, so daß es ihnen nicht schwerfiel, sich zu befreien. Sie griffen zu den Waffen, die überall herumlagen, und versammelten sich um den Huaxteken.
»So ist es recht!« rief er ihnen zu. »Laßt den Mut nicht sinken und verzagt nicht. Wir werden die Feinde töten und viele Gefangene erbeuten.«
Er hob sein Obsidianschwert empor und stürmte den angreifenden Kriegern von Coatepec entgegen. Seine Gefährten folgten ihm und töteten viele Feinde, und wer ihnen nicht in eiliger Flucht entkam, wurde gefangengenommen. Als der König von den Heldentaten des Huax-

teken und seiner Gefährten Kunde bekam, war er sehr unruhig und betrübt. Und er sagte zu den Tolteken: »Meine lieben Onkel und Söhne, ich befürchte Schlimmes für unser Volk. Könnt ihr mir vielleicht erklären, wer die Zwerge und Krüppel so plötzlich in große Krieger verwandelte?«

Während er noch sprach, verkündeten die Herolde schon das Herannahen des Huaxteken und seiner Gefährten.

»Wohlan denn, meine lieben, tapferen Brüder«, sagte der König, »so laßt uns meinem Schwiegersohn einen würdigen Empfang bereiten.«

Die Tolteken brachen darauf in hellen Scharen auf. Sie umringten ihren König und gingen dem Huaxteken entgegen, der an der Spitze der erbeuteten Gefangenen schritt. Sie sangen Lieder zu seinen Ehren, bliesen die Flöten und ließen die Trompeten und Muschelhörner erschallen.

Eine Gruppe junger Krieger brachte den Toltekenschmuck aus der Schatzkammer des Königspalastes: den großen Quetzalfederkopfputz, den Schild mit dem Türkismosaik, den goldenen, dornig gekrümmten Ohrpflock, das goldene Wasserschneckenhalsband und den mit Schellen besetzten Wadenschmuck aus Jaguarfellen.

Die Jünglinge tanzten zur Feier des Sieges vor den erbeuteten Gefangenen, pflanzten sich vor ihnen auf, spreizten sich, schüttelten Schultern und Köpfe und sprangen mit wilden Schreien hoch in die Luft.

Nachdem der Zug im Palast angekommen war, schmückten sie den Huaxteken mit roten Reiherfedern, bemalten seinen Leib mit gelbem Ocker und schminkten ihm das Gesicht rot. Und alle seine Gefährten wurden in ähnlicher Weise herausgeputzt.

Am Abend des Siegesfestes erschien Quetzalcoatl auf der Dachterrasse und sagte zu dem Huaxteken: »Du hast dich verdient gemacht, mein tapferer Sohn. Sei willkommen,

du bist nun zu Hause angelangt. Jetzt sind die Tolteken zufrieden, daß du mein Schwiegersohn bist.«
Die Tolteken feierten die ganze Nacht, und auch am nächsten Tag feierten sie noch; aber als sie dem Huaxteken zu Ehren die Götter anrufen wollten, war er verschwunden. Sie suchten ihn überall im Königspalast, konnten ihn aber nirgendwo finden. So endete das Fest mit einem Mißklang, und die alten Leute sprachen davon, daß ein weiteres Unheil bevorstehe.

Totentanz in der Türkisschlangenschlucht

Einige Zeit nach dem Sieg über die Leute von Coatepec tauchte der Huaxteke wieder auf. Keiner wußte, wo er gewesen war; und niemand konnte sagen, wie er wieder in die Stadt hineingekommen war. Er trug noch immer den roten Reiherfederschmuck und rief die Jünglinge und Jungfrauen auf, Gesänge und Tänze aufzuführen. Er stieg auf den Berg der Herolde und schrie seine Aufforderung in die ganze Welt.
Nicht lange dauerte es, da strömten aus allen Teilen des Landes Jünglinge und Jungfrauen nach Tollan und huldigten dem Huaxteken. Er versammelte sie um sich und ging mit ihnen zur Schlucht der Türkisschlangen. Dort schlug er die Pauke und stimmte einen Gesang an, den er selbst erfunden hatte. Die Blicke der jungen Tolteken hingen an seinem Munde, und sobald er eine Strophe gesungen hatte, fielen sie in den Gesang ein.
Das Singen und Tanzen begann in der Dämmerung und setzte sich im Schein der Fackeln fort. Die Sterne glänzten in der nachtschwarzen Dunkelheit, und der Mond leuchtete am Himmel. Die Gesänge erschollen immer lauter, die Tänze wurden immer wilder. Schauerlich fielen die Paukenschläge in die Schlucht, das Echo der Muschel-

trompeten dröhnte von der Felswand zurück, und unermüdlich hämmerten die Klangbüchsen durch die Nacht. Die Tänzer faßten sich an den Händen, umschlangen sich, wichen in Schlangenwindungen zurück und schnellten mit über dem Kopf gefalteten Händen wie Speere in die Höhe. Der Gesang rauschte und hallte, und der Freudentaumel war groß.
Plötzlich flog eine schwarze Wolke über den Himmel. Die Sterne erloschen, und das Mondkaninchen verschwand. Nur ein paar Fackeln erhellten noch den Tanzplatz. Da erhob der Huaxteke seine mächtige Stimme und forderte die Tanzenden auf, ihm zu folgen. Alles stieß und drängte sich, und das Gewoge der Leiber wurde so dicht, daß die am Rande der Plattform Tanzenden in die Schlucht stürzten und sich augenblicklich in Steine verwandelten.
Die anderen Tolteken aber, die dem Huaxteken nachdrängten, waren wie betrunken. Sie überhörten die Todesschreie ihrer Gefährten. Singend und tanzend erreichten sie eine Steinbrücke, die sich hoch über den grünen Gebirgsfluß spannte. Und als die ersten das andere Ufer betreten wollten, zerbrach der Zauber des Huaxteken die Brücke. Die Jünglinge und Jungfrauen stürzten in den Fluß und verwandelten sich wie ihre Gefährten in stumme Steine. Der Zauberer kehrte in Gestalt des Huaxteken wieder nach Tollan zurück, und niemand wagte ihn zu fragen, was mit den jungen Tolteken geschehen sei, die er zur Schlucht der Türkisschlangen geführt hatte.

In den Blumengärten des Königs

Die alten Männer erzählten von jener Zeit, daß die Macht des Zauberers, der mit der Königstochter im Türkispalast Quetzalcoatls hauste, immer größer wurde. Es dauerte

nicht lange, da richtete er ein neues Unheil an. Man sagt, daß er eines Tages die Gestalt eines Kriegshäuptlings annahm und auf den Berge des Schreiens stieg.
Und er gebot den Herolden, seinen Befehl in die ganze Welt hinauszuschreien: Alle Tolteken, alle Untertanen Quetzalcoatls, hätten nach Tollan zu kommen und die Blumengärten des Königs mit einem langen Zaun zu umgeben.
Die Herolde befolgten den Befehl, und bald darauf strömten von überallher Tolteken herbei. Sie versammelten sich auf dem großen Marktplatz und warteten, was weiter geschähe. Da erschien ein Bote aus dem Türkispalast und sagte, sie sollten ihre Waffen ablegen und zu den Blumengärten gehen.
Als sie dort ankamen, erwartete sie schon der Huaxteke in Gestalt eines riesigen Kriegshäuptlings. Die Tolteken drängten sich beim Anblick des furchtbaren Mannes zusammen und schlugen sich angstvoll auf den Mund. Einer suchte beim anderen Schutz, so daß sie sich gegenseitig behinderten. Als der Kriegshäuptling mit seiner Keule auf sie einschlug, versuchten sie nach allen Seiten zu fliehen. Viele, die zu Boden fielen, wurden von den Tritten verletzt und starben; und die anderen, die nicht schnell genug rennen konnten, wurden von dem Kriegshäuptling erschlagen.

Die tanzende Tonpuppe

Nach dem schrecklichen Blutbad in den Blumengärten ersann der böse Dämon eine andere Untat, durch die noch viel mehr Tolteken zugrunde gehen sollten. Als Händler verkleidet setzte er sich auf den Marktplatz und bot Tonfiguren feil. Seine durchdringende Stimme lockte viele Neugierige an seinen Stand, so daß er bald von einer dichten Menschenmenge umgeben war.

Er hielt eine Tonfigur empor und schrie: »Wollt ihr, daß ich die Puppe tanzen lasse?«
Die Leute vergnügten sich und riefen ihm zu: »Sei still, du Prahlhans! Bist du etwa ein Zauberer, der Puppen lebendig machen kann?«
Aber das Scherzen verging ihnen schnell; denn der Händler stellte die Tonfigur auf seine Handfläche und nannte sie Cuex. Und kaum hatte er diesen Namen ausgesprochen, da begann die Puppe wie ein kleines Kind zu tanzen. Die Tolteken erschraken zuerst, fanden aber bald Gefallen an der tanzenden Tonfigur und baten den Händler, auch die anderen Puppen tanzen zu lassen.
Da wurde der Händler zornig und schrie: »Seht ihr nicht, ihr Tolteken, wie die Puppe größer und größer wird? Wenn etwas Totes lebendig wird, so kann das doch nur Unglück bedeuten. Schlagt den Cuex tot, ehe es zu spät ist, steinigt ihn!«
Die Tolteken zögerten, denn der Tanz hatte ihnen gefallen. Als sie jedoch sahen, daß die Puppe von der Handfläche sprang und immer größer wurde, rissen sie das Pflaster auf und steinigten den Cuex, bis er tot zu Boden sank. Der Leichnam bedeckte den ganzen Markt und stank betäubend. Und wohin der Wind den Gestank auch wehte, starben die Menschen.
Da rief der als Händler verkleidete Dämon die Überlebenden zusammen und sprach zu ihnen: »Der Leichnam mit seinem Pestgestank muß fortgeschafft werden, sonst tötet er noch alle Tolteken. Bringt ihn zum Tanzplatz der Götter und stürzt ihn in die Schlucht. Dort kann er keinen Schaden mehr anrichten.«
Die Tolteken holten nun Stricke herbei und befestigten sie um Arme und Beine des Leichnams. Als sie ihn jedoch wegschleppen wollten, war er so schwer, daß er sich nicht von der Stelle rührte.
Darauf ließen die Herolde eine Botschaft Quetzalcoatls

an alle Tolteken ergehen: »Kommt nach Tollan, ihr Tolteken, und bringt eure Stricke und Seile mit! Wir müssen den Toten aus der Stadt entfernen, sonst geht noch unser ganzes Volk zugrunde.«
Die Tolteken befolgten den Befehl ihres Königs. Sie kamen aus allen Teilen des Landes; und ein großer Lärm erhob sich, als sie die Seile an dem Leichnam befestigten.
»Wohlan, stramm zugepackt!« riefen sie.
»Haltet euch Mund und Nase zu, damit ihr nicht getötet werdet.« Und die Mutigsten sagten sogar: »Gleich werden wir dich in den Fluß werfen, du Stinktier.«
Sie ermunterten sich gegenseitig und zogen so kräftig an den Seilen, daß sie zerrissen, ohne den Leichnam von seinem Platz gerückt zu haben. Viele Tolteken kamen durch den Gestank um.
Da erschien der als Händler verkleidete Zauberer wieder auf dem Marktplatz und sprach: »Was seid ihr bloß für Narren? Begreift ihr denn nicht, daß ihr den Gesang des Cuex anstimmen müßt?«
Die Tolteken gerieten in Zorn. »Welchen Gesang meinst du?« fragten sie. »Wenn du ihn kennst, so stimme ihn an, sonst schlagen wir dich tot.«
Der Händler hob die Arme und begann zu singen:

»Ich bin ein Balken,
schwer wie der Fels
und fest wie das Holz
des Wollbaums.

Ich bin der Dämon
Tlacaupan Cuex,
bringt mich weg von Tollan
zur Türkisschlangenschlucht.

Schleift den Balken fort,
Beeilt euch, Tolteken!
Zögert nicht länger,
sonst töte ich alle.

Ich bin ein Balken,
schwer wie der Fels
und fest wie das Holz
des Wollbaums.«

»Singt, Tolteken!« rief der Zauberer. »Sonst seid ihr verloren.«
Nachdem die Tolteken den Gesang angestimmt hatten, zogen sie wieder an den Stricken; und kaum hatten sie das Wort Cuex ausgesprochen, da spürten sie, daß sich der Leichnam endlich von der Stelle rührte. Sie zogen nun mit allen Kräften, und der Tote geriet in immer schnellere Bewegung. Von Zeit zu Zeit schnellte er ein Stück vorwärts und begrub jeden, der nicht ausweichen konnte, unter der Last seines Leibes. Die anderen aber, die angestrengt an den Seilen zerrten, waren wie betrunken und ließen ihre toten Gefährten auf der Straße liegen.
Sie schleppten den Leichnam an den Rand der Türkisschlangenschlucht und schleuderten ihn hinab. Danach vollführten sie einen Freudentanz und kehrten nach Tollan zurück, als wäre nichts geschehen. Der Zauberer hatte ihre Sinne verwirrt, und nur die ganz alten Leute bewahrten das böse Ereignis in ihrem Gedächtnis.

Die Stadt Tollan, so erzählen die alten Schriften, kam nun nicht mehr zur Ruhe. Schon bald traten neue unheimliche Ereignisse ein, die von demselben Zauberer verursacht wurden, der als Huaxteke im Türkispalast hauste.
Eines Morgens, gerade war die Sonne aufgegangen, beobachteten die Priester eine weiße Weihe am Himmel, die von einem Speer durchbohrt war. Sie schwebte dreimal in weitem Bogen über die Stadt und verschwand, ohne ihre langen, spitzen Flügel zu bewegen, in Richtung des Weiberlandes.
Die Leute erschraken, als sie davon erfuhren, und auch die Priester deuteten das Auftauchen der von einem Speer durchbohrten Weihe als ein böses Vorzeichen.
Bald darauf ereignete sich wieder etwas Unheimliches. Eines Nachts wurden die Bewohner Tollans, die auf den umliegenden Bergen Wache hielten, von den Warnsignalen der Krieger aus dem Schlaf gerissen. Die Tolteken stürzten aus ihren Wohnungen und sahen, daß ein Berg in der Nähe der Stadt in Brand geraten war, den sie seiner fruchtbaren Hänge wegen Grasberg nannten. Eine mächtige Flamme loderte in der Dunkelheit und schoß ihre feurigen Speere mitten in das Herz des Himmels. Die Umgebung war gespenstisch erleuchtet, und es sah aus, als sei sie in Blut getaucht.
Da fürchteten sich die Tolteken. Die Mütter nahmen ihre kleinen Kinder und kauerten sich mit ihnen in versteckte Winkel, um dem Anblick des lodernden Feuers zu entrinnen. Auf den Straßen aber liefen Männer, Frauen und Kinder durcheinander, und es erhob sich ein lautes Schreien und Jammern in der Stadt.
Um Mitternacht versammelten sich die Tolteken am Fuß des Schlangenberges und warteten auf die Deutung der Priester, die die Götter um Hilfe anflehten.

Endlich kam der Hauptpriester aus dem Tempel und sprach: »O Tolteken, wer kann uns noch helfen? Wehe uns Unglücklichen! Wohin in aller Welt sollen wir gehen? Wir haben das Unheil durch Nachlässigkeit selbst verschuldet. Nun schwinden Glanz und Macht der Tolteken dahin. Bald ist es zu Ende.«
So sprach der Priester und wandte sich ab von der Menge. Gegen Morgen erlosch das Feuer. Die Sonne ging auf, und die Leute von Tollan begannen unruhigen Herzens ihr Tagewerk.
Das dritte böse Vorzeichen geschah an einem dämmerigen Tag. Plötzlich fiel ein Steinregen über die Tolteken, der viele, die nicht rechtzeitig Schutz fanden, tötete. Und nachdem es eine Zeitlang Steine geregnet hatte, fiel hinter dem Heuschreckenberg ein großer Opferstein herab. Dann war es totenstill, und plötzlich erschien eine alte Frau auf dem Marktplatz und verkaufte Papierfahnen.
»Nehmt!« rief sie. »Das sind eure Opferfahnen, Tolteken!«
Wie von Sinnen verließen die Tolteken ihre Verstecke, wo sie Schutz gesucht hatten, stolperten über die überall verstreuten Steine und drängten und prügelten sich, um eine Fahne zu bekommen. Es war, als ob sie den Verstand verloren hätten.
Wer von der alten Frau eine Opferfahne gekauft hatte, eilte zum Heuschreckenberg und ließ sich auf dem vom Himmel gefallenen Stein opfern.
Man erzählt, daß auf diese Weise viele Tolteken starben. Niemand hielt sie zurück, und niemand sagte zu ihnen: »Was ist das, was ihr da tut? Merkt ihr denn nicht, daß ein böser Zauberer eure Sinne verwirrt hat?«

Der tödliche Mais

Während der großen Unruhe, die sich der Stadt bemächtigt hatte, ging der Huaxteke durch die Straßen und verübte eine neue Untat, die viele Tolteken das Leben kostete. Er verzauberte den Mais in den Speichern, so daß er ganz bitter wurde und nicht mehr gegessen werden konnte.

Auch der frisch geerntete Mais schmeckte bitter. Die Tolteken schütteten die Maiskolben auf einen Haufen, der bald zu einem riesigen Berg anwuchs. Da verwandelte sich der Zauberer in eine alte Frau, ließ sich in einem Garten nieder und begann auf einem Herd Mais zu rösten. Bald darauf stiegen dichte Rauchwolken auf, schwebten von Tollan aus über das ganze Land und verbreiteten einen merkwürdigen Geruch.

Die Tolteken empfanden den Geruch als angenehm und eilten, da sie schon lange hungerten, in Scharen nach Tollan. Aus den entferntesten Gegenden kamen sie, um den Ursprung des Herdfeuers zu entdecken, auf dem der Mais geröstet wurde.

Als sie auf dem großen Marktplatz versammelt waren, ließ der Zauberer vergiftete Maiswolken über sie niedergehen, so daß sie keine Luft mehr bekamen und elend erstickten.

So trieb der Huaxteke in mancherlei Gestalt sein arges Spiel mit den Tolteken und richtete viele von ihnen zugrunde.

Abschied von Tollan

Quetzalcoatl hatte während der ganzen Zeit, da der Zauberer seine Untaten verübte, bekümmert und verwirrt in seinem Palast gesessen. Jeden Tag um Mitternacht war er, gefolgt von einigen vertrauten Freunden, zum Türkis-

waschplatz an den Fluß gegangen und hatte Bußübungen verrichtet. Vergebens hatte er die Götter um Rat gebeten, wie er dem Unheil, das die Tolteken zugrunde richtete, Einhalt gebieten könne. Und er dachte daran, daß es am besten wäre, seine Stadt zu verlassen.

Nach langem Überlegen beschloß er, das Land der schwarzen und roten Farbe zu suchen, um dort sein Schicksal zu erfahren. Er machte sich zum Aufbruch bereit; und man erzählt sich, daß er sein goldenes Muschelhaus verbrannte und den wertvollen Toltekenschatz an schwer zugänglichen Orten verbarg, entweder in Berghöhlen oder in abgeschiedenen Schluchten.

Er verwandelte die Kakaobäume in Grammagrasbäume und schickte die Schmuckvögel als Boten nach Anahuac, dem Land am großen Himmelswasser.

Als er alles Notwendige getan hatte, nahm er heimlich Abschied und begab sich auf die Wanderung. Er kam an einen Ort Quauhtitlan und rastete unter einem uralten, mächtigen Baum mit undurchdringlichem Blätterdach, der auf einer Anhöhe stand.

Dort betrachtete er sich in einem Spiegel und sprach: »Ich bin alt!«

Und er gab der Anhöhe den Namen: Ort des Alten Mannes. Ehe er weiterging, sammelte er Steine auf und warf sie gegen den Baumstamm. Sie drangen wie Hagelkörner in die Rinde ein und blieben dort haften. Und wer zum Ort des Alten Mannes pilgert, kann noch heute die Zeichen Quetzalcoatls im Stamm des uralten Baumgreises erkennen.

Während Quetzalcoatl am Ufer eines Sees entlangwanderte und in die grüne Pforte eines Nadelwaldes eintrat, bliesen tausend Flöten für ihn, und die Schmuckvögel, die vorausgeflogen waren, sangen ihm ihre schönsten Lieder.

Gegen Abend ruhte sich Quetzalcoatl auf einem Bergplateau aus. Er ließ sich auf einem Stein nieder und stützte sich mit den Händen auf. Und wer den Stein auf dem

Bergplateau findet, kann noch heute den Abdruck der Hände sehen, als seien sie damals in weichen Töpferton eingedrungen.
Quetzalcoatl blickte den Weg zurück, den er gewandert war, und sah in der Ferne Tollan. Und als das Bild der Stadt in der Abenddämmerung erlosch, verbarg er sein Gesicht und weinte. Die Tränen tropften durch seine Hände und durchlöcherten die steinerne Sitzbank. Wer den Stein mit dem Abdruck der Hände Quetzalcoatls gefunden hat, kann noch heute die Spuren der Tränen sehen.

Unterwegs nach Tlillan Tlapallan

Quetzalcoatl wanderte Tag und Nacht. Er gönnte sich keine Ruhe und erreichte einen Ort, den man Tepanoyan nennt. Dort entsprang dem Felsen ein breites Wasser, stürzte tosend in eine Schlucht und versperrte dem Wanderer den Weg. Da nahm Quetzalcoatl einen Felsstein, machte ein Brücke daraus und ging über den Strom auf das andere Ufer.
Der nächste Ort, den er erreichte, war Coapan, und als er ein wenig Atem schöpfen wollte, versuchten ihn Dämonen zur Umkehr zu bewegen.
Sie sprachen zu ihm: »Wohin gehst du, Quetzalcoatl? Was willst du erreichen? Es ist nicht richtig, daß du weggegangen bist. Wer soll jetzt in Tollan den Göttern dienen?«
Quetzalcoatl sagte: »Niemand kann mich zur Umkehr zwingen. Ich werde weiterwandern.«
»Aber wohin willst du gehen?« fragten die Dämonen.
»Nach Tlillan Tlapallan, dem Ort des Verbrennens. Dort werde ich mein Schicksal erfahren.«
»Was suchst du am Ort des Verbrennens?«
»Ich bin gerufen worden. Die Sonne hat mich gerufen.«
»Es ist gut«, sprachen die Dämonen. »Du darfst weiter-

wandern, wenn du die toltekischen Künste aufgibst. Werfe von dir ab:

> Die Goldschmiedekunst,
> die Edelsteinschleiferei,
> die Kunst der Steinmetze,
> die Kunst der Holzschnitzer,
> die Malerei,
> die Kunst der Federmosaik-Handwerker.«

Die Dämonen raubten ihm alle Kunstfertigkeiten der Tolteken, so daß er ganz verlassen und heimatlos war und vor Kummer seine Perlenkette zerriß und ins Wasser warf. Deshalb gab er dem Ort, an dem dieses geschah, den Namen Ort der Verlorenen Perlen.

Er wanderte weiter und überschritt die Grenze zu einem merkwürdigen Land, das er noch nie gesehen hatte. Plötzlich stellte sich ihm ein Dämon in den Weg und fragte:

»Wohin gehst du?«

»Nach Tlillan Tlapallan.«

»Was willst du in Tlillan Tlapallan?«

»Die Sonne ruft mich. Ich werde dort mein Schicksal erfahren.«

»Gut!« sagte der Dämon. »Trinke den Wein aus meiner Schale.«

»Ich darf ihn nicht trinken«, erwiderte Quetzalcoatl.

»Du mußt ihn trinken«, sagte der Dämon. »Koste ihn wenigstens. Ich lasse keinen durch, der meinen Wein verschmäht. Vorwärts! Nimm die Schale und trinke!«

Da tauchte Quetzalcoatl das Saugrohr in den Wein und trank, und als er einige Tropfen gekostet hatte, fiel er in einen tiefen Schlaf. Er schnarchte so laut, daß man es weithin hören konnte, und als er nach langer Zeit aufwachte, sah er sich verwundert nach allen Seiten um und glättete sein Haar.

Der Dämon war verschwunden, und keiner hinderte Quetzalcoatl daran, seine Wanderung fortzusetzen. Quetzalcoatl erhob sich von seinem Lager und gab dem Platz, auf dem er so lange geruht hatte, den Namen Ort des Tiefen Schlafes.

Das Jahr Eins Rohr

Auf der Wanderung zum Land der Vulkane erreichte den König sein Gefolge, das ihm von Tollan aus nachgekommen war. Nun war er nicht mehr allein. Sie brachen zusammen auf und erklommen den Paß zwischen Popocatepetl und dem Vulkan Weiße Frau. Es wurde schrecklich kalt. Eisig glänzten die Gipfel der beiden Berge, und ein heftiges Schneetreiben hüllte die Wanderer ein. Die Zwerge, die Buckligen und die Haussklaven konnten nicht mehr weiter, und viele starben vor Kälte.
Quetzalcoatl aber sprach ihnen Mut zu. Er weinte und seufzte und sang, und als sie die Paßhöhe überwunden hatten und er mit seinen Getreuen den Berg hinabstieg, erblickte er in der Ferne den Großen Weißen Schneeberg. Sie schöpften Atem und blieben drei Tage am Ort der Blumenwiesen. Dann befahl Quetzalcoatl den Aufbruch, und sie wanderten nun durch viele Ortschaften, ohne sich Ruhe zu gönnen.
Man erzählt, daß Quetzalcoatl überall seine Zeichen hinterließ und vielen Bergen, Höhlen und Ebenen Namen gab. Einmal belustigte er sich damit, an einer langen Agave-Strickleiter in eine Schlucht hinabzusteigen, und ein anderes Mal sammelte er Steine und legte einen Ballspielplatz an, dessen beide Hälften durch einen tiefen Graben voneinander getrennt waren. Dann wieder schoß er einen Pfeil auf ein Ceiba, der den Stamm durchbohrte und in Richtung des Weiberlandes weiterflog.

An einem Ort, den man Mictlan nennt, baute er ein Haus in den Felsen hinein, und auf einer Anhöhe, von der man das göttliche Wasser sah, errichtete er einen Turm aus Steinen, den man mit dem kleinen Finger in Bewegung setzen konnte. Obgleich viele Leute kamen, um den Turm zum Einsturz zu bringen, blieb er aufrecht stehen und rührte sich nicht von der Stelle.

Im Jahr Eins Rohr erreichte Quetzalcoatl den Rand des großen Himmelswassers und erkannte, daß er am Ort des Verbrennens angelangt war. Traurig nahm er Abschied von seinen Getreuen, die ihm von Tollan gefolgt waren. Er legte nach dem Brauch der Küstenbewohner den Quetzalfederschmuck an, setzte die Türkisschlangenmaske auf und rötete sich Lippen und Kinn. Dann bemalte er mit gelber Farbe gitterartig sein Gesicht und versah die Maske mit Schlangenzähnen. Nachdem er seinen Kinnbart aus türkisgrünen und roten Schmuckfedern angebracht und den Netzumhang übergeworfen hatte, ging er zum Ort des Verbrennens.

Weinend sprach er: »Nun ist es soweit. Lebt wohl, meine lieben Onkel! Im Jahr Eins Rohr kam ich zur Welt, im Jahr Eins Rohr gehe ich weg, und im Jahr Eins Rohr werde ich zurückkehren.«

Mit diesen Worten stürzte sich Quetzalcoatl ins Himmelsfeuer. Und aus der Asche stiegen alsbald rote Löffelreiher, hellgelbe junge Papageien, Kolibris und grüne Quetzalvögel. Und zum Schluß stieg das rote Herz Quetzalcoatls zum Himmel empor und verwandelte sich in den Morgenstern.

Von dorther schießt er nun seine Strahlenpfeile auf die Erde. Wenn er ins Zeichen Eins Krokodil kommt, trifft er die alten Männer und Frauen, steht er aber im Zeichen Eins Rohr, so trifft er die Könige. Und niemand kann seinen Strahlenpfeilen entgehen.

Auszug der Nonoualca

Hört nun die Geschichte von den Tolteken und Nonoualca, wie sie in den Büchern der roten und schwarzen Farbe geschrieben steht. In alten Zeiten, im Jahre Eins Feuersteinmesser, brachen die beiden Völker gemeinsam auf, um neues Land zu suchen. Vom Hochland stiegen sie in die Ebene hinunter, wanderten unter großen Mühen bis zur Küste des Himmelswassers und siedelten sich dort an. Sie gründeten zwanzig Dörfer und lebten ein Jahr lang glücklich miteinander.

Eines Tages aber, nach einem Sturm, der ihre Hütten verwüstet hatte, ging ein Mann namens Huemac durch die Dörfer und sagte: »Die Nonoualca sind schuld, daß die Winddämonen unsere Hütten zerstörten.« So versuchte er, die Tolteken gegen die Nonoualca aufzuwiegeln.

Als die Nonoualca davon erfuhren, dachten sie, er sei von Tezcatlipoca gesandt, um Zwietracht zu säen zwischen den beiden Völkern; denn die Herkunft des Huemac war dunkel. Die Tolteken hatten ihn als kleines Kind im Schilf gefunden, zu den Vorstehern des Priesterhauses gebracht und ihm eine sorgfältige Erziehung angedeihen lassen. Der Jüngling war ein tapferer Krieger geworden. Er hatte den Ehrennamen Führender Adler erworben und genoß Ansehen unter den Tolteken.

Um den Gott Tezcatlipoca nicht zu erzürnen, sandten die Nonoualca ihren Häuptling Quautzin zu Huemac.

Und Quautzin sprach zu ihm: »Warum redest du Schlechtes über uns Nonoualcas? Sind wir nicht ebenso gut wie die Tolteken?«

Huemac erwiderte: »Du scheinst nicht zu wissen, daß aus mir Tezcatlipoca spricht. Wenn du IHN, dessen Untertanen wir sind, versöhnen willst, so laß mir ein festes Haus errichten.«

Da ging Quautzin zornig weg und berichtete seinen Ge-

fährten, was Huemac von ihm gefordert hatte. Die Nonoualca hörten ihm zu. Sie wiegten die Köpfe und beschlossen nach langer Beratung, sich nicht vom Zorn hinreißen zu lassen. Nachdem das Haus errichtet war, verlangte Huemac hundert Krieger der Nonoualca, die es bewachen sollten.
Quautzin sagte sofort zu: »Es ist gut, mein Fürst. Wir wollen tun, was du von uns verlangst.«
Von diesem Tag an bewachten hundert der besten Krieger der Nonoualca das Haus. Bald darauf stellte Huemac eine neue Forderung: »Jetzt müßt ihr mir dreizehn Weiber geben, und ich verlange von euch, daß sie am Hintern vier Spannen breit sind.«
Da geriet Quautzin in großen Zorn und rief die Krieger auf, den Unverschämten zu töten; aber der Rat der Häuptlinge beschloß, Huemacs Forderung auch dieses Mal zu erfüllen. Sie suchten dreizehn Weiber aus und brachten sie zu ihm.
Huemac trat aus dem Haus und sagte: »Was für Weiber habt ihr mir da gebracht? Keine von ihnen ist am Hintern vier Spannen breit. Geht und bringt mir andere!«
Jetzt war es mit der Geduld der Nonoualca vorbei. Quautzin rief die Krieger zusammen und sagte: »Laßt uns zu den Waffen greifen! Wenn die Tolteken den Unverschämten begünstigen, so sollen sie mit ihm sterben. Färbt die Schilde, Schwerter und Pfeile rot und fallt über sie her!«
Die ergrimmten Krieger der Nonoualca ergriffen Huemac und banden ihn auf einer Obsidianplatte fest. Dann stürzten sie sich in den Kampf gegen die Tolteken, die von überall herbeieilten. Schon nach kurzer Zeit gab es auf beiden Seiten Verwundete und Tote, und der Kampf entbrannte immer heftiger. Da hob Ixicoatl, der geachtete Kriegshäuptling der Tolteken, die Waffen empor und rief: »Hört auf mit dem Töten! Weshalb wünscht ihr, daß

wir alle zugrunde gehen? Nicht wir, sondern Huemac hat eure Weiber gefordert, er hat uns entzweit. Mag er doch sterben.«

Die Krieger senkten die Waffen, und Quautzin sagte: »Es ist höchste Zeit, mein Fürst. Lange genug habt ihr den Unverschämten begünstigt. Mag er nun endlich sterben.«

Als Huemac vernahm, daß die Tolteken und Nonoualca sich aussöhnten, sprengte er die Fesseln und ergriff die Flucht. Die schnellsten Krieger der Nonoualca nahmen sofort die Verfolgung auf. Sie schrien hinter ihm her, schossen im Laufen ihre Pfeile ab und heulten wie die Präriewölfe. Er flüchtete in die Höhle Cincalco und versuchte sich dort zu verbergen; aber die Verfolger entdeckten ihn und zogen ihn heraus. Sie banden ihn an ein Holzgerüst und erschossen ihn mit Pfeilen.

Nach Huemacs Tod versammelten sich die Nonoualca in ihren Siedlungen, und Quautzin sprach zu ihnen: »Hört zu, meine tapferen Brüder. Huemac ist getötet, aber seine Freunde leben noch. Vielleicht haben wir gesündigt, und Tezcatlipoca wird uns bestrafen. Damit unseren Kindern und Enkeln nichts Böses zustoße, laßt uns von hier weggehen. Weil Huemac uns verfeindet hat, müssen wir die Tolteken verlassen.«

So sprach Quautzin, der im Kampf der Tapferste gewesen war, und die Nonoualca beschlossen, seinem Rat zu folgen.

Der Zug nach Tlapallan

Noch in der gleichen Nacht trugen die Nonoualca die Habe ihres Gottes Quetzalcoatl von dannen. Allmählich brachten sie alles, was sie aufbewahrt hatten, nach Osten. Und als sie genügend weit von den Tolteken entfernt waren, schlugen sie in einem Kakaohain ihre Lager auf und

bestimmten Quautzin und den Priester Atecatl, einen Ort für ihre neuen Ansiedlungen zu suchen.
Die beiden wanderten dem Angesicht der Sonne entgegen. Sie gelangten nach Quetzaltepec, und der Priester suchte einen Agavestachel und eine Rute, um Buße zu tun. Am Ufer eines breiten Stroms machten sie Rast. Atecatl durchbohrte seine Zunge, zog die Rute durch und fing das Blut in dem Agavestachel auf. Dann setzte er sich ans Ufer und schaute in das still dahinfließende Wasser.
Und er sprach zu dem Gott: »O Herr, deine Diener und Geschöpfe flehen dich um Hilfe an. Wird dein Herz uns Segen spenden? Wirst du, o Herr, durch den alles lebt, deinen Untertanen eine neue Ansiedlung geben? Du bist unser Schöpfer und Gestalter, und deine Diener, die Nonoualca, flehen dich um Hilfe an, o Herr.«
Da färbte sich das Wasser dunkel, und als der Priester hineinschaute, begann es zu glänzen, und er sah wie in einem Spiegel das Land Tlapallan. Es lag an der Küste, grün und fruchtbar, und der Priester erblickte den Trupial und den Quetzalvogel in den Wäldern.
Der Gott zeigte übers Wasser und sagte: »Dort wird euer Wohnsitz sein. Geleitet die Nonoualca nach Osten und sagt ihnen, sie mögen nicht ängstlich sein.«
Der Priester dankte dem Gott und errichtete ihm sieben Altäre aus Steinen. Dann ging er mit Quautzin ins Lager der Nonoualca zurück und verkündete die Botschaft des Gottes.
Die Nonoualca wanderten Tage und Nächte. Der Weg war beschwerlich, und viele starben unterwegs. Priester Atecatl führte sie, ihm folgte der tapfere Quautzin mit dem Ebenbild des Gottes auf seinem Rücken. So schritten der Priester und der Häuptling ihrem Volke voran. Im Jahre Zwei Haus erstiegen sie den gekrümmten Rücken eines Berges und sahen das verheißene Land zu ihren Füßen liegen. Quautzin stellte das Ebenbild des Gottes mit

dem Gesicht nach Süden auf, und die Nonoualca hörten, als sie das Wachtelopfer darbrachten, den Gott sprechen:

»Dies ist der gekrümmte Berg,
dies ist das Land,
wo das blaue Wasser sich ausdehnt,
wo der weiße Sand sich hinzieht,
wo die weißen Binsen stehen,
wo das weiße Rohr sich breitet,
wo die weißen Weiden stehen,
wo die bunten Rosen schwimmen,
wo die farbigen Baumwollflocken hängen,
wo der Zauberballspielplatz
und der Puma
mit dem gelbglänzenden Rücken daliegt,
dies ist der gekrümmte Berg,
dies ist Tlapallan, euer Land.«

Der Gott befahl seinen Dienern, dem Berg einen Namen zu geben, und die Nonoualca beschlossen, ihn Berg des Edelsteinhuhns zu nennen.
Hier nun, im Lande Tlapallan, endete der Zug der Nonoualca, hier begann die Herrschaft Quautzins und der sieben anderen Fürsten. Sie kämpften gegen die dort ansässigen Häuptlinge, und ihre Brüder, die auf der Wanderung gestorben waren, standen ihnen als gewaltige Zauberer zur Seite. Die Nonoualca besiegten alle Feinde und gründeten für ihre Kinder und Enkel siebenundsiebzig Ortschaften. Auf dem Berg des Edelsteinhuhns aber errichteten sie weithin sichtbar die Wohnungen der Götter.

Wanderung der Tolteken

Dies ist die Geschichte der Tolteken, wie sie in den alten Schriften steht. Nach dem Tode Huemacs, der sie gegen ihre Brüder aufgehetzt hatte, blieben sie noch fünfzehn Jahre an der Küste des großen Himmelswassers; aber der Auszug der Nonoualca schmerzte sie sehr, und die Gesänge auf den Märkten stimmten niemand mehr froh.
Wenn die Tolteken die Ehrentage der Götter feierten, klagten die Frauen: »Ach, warum haben uns die Nonoualca verlassen? Sie hätten doch bleiben können, nachdem sie den bösen Zauberer getötet haben, der uns entzweit hat.« Und die jungen Krieger sagten: »Laßt uns nur auch gehen. Laßt uns in ein anderes Land ziehen, wo uns nichts mehr an unsere Schwestern und Brüder erinnert.«
Vierzehn Jahre nach dem Auszug der Nonoualca, an einem Tag Sieben Schlange, sandten sie den Priester Conan aus, um Land für neue Ansiedlungen zu suchen. Der Priester brach mit fünf Gefährten auf. Sie wanderten durch dichte Wälder, erstiegen Berge, ließen sich in Blütenschluchten hinab und überquerten reißende Ströme, bis sie das Land Chololllan erreichten, wo die Leute im Überfluß lebten.
Conan baute einen Steinaltar, brachte Opfer dar und betete: »O Quetzalcoatl, du Herr des Alls, durch den alles lebt, deine Diener flehen dich an, uns eine neue Siedlung zu geben. Habe Mitleid mit uns und zeige uns den Weg; denn siehe, wir vertrauen dir, o Herr.«
Da hörte Conan die Stimme des Gottes: »Ziehe nicht weiter, mein Priester. Hier in Chololllan, wo die Leute im Überfluß leben, soll euer neuer Wohnsitz sein. Unterwerft die ansässigen Olmeken, nehmt ihre Wohnungen und Felder für euch. Mache dich auf, sage seinen Häuptlingen Ixicoatl und Teuyac, sie mögen die Waffen schärfen und hierherkommen. Vergiß nichts von meinen Worten!«

Conan dankte dem Gott. Er schnitt eine weiße Binse und einen weißen Weidenzweig ab und machte sich auf den Weg, wie es Quetzalcoatl geboten hatte.
Als er nach einem Jahr Abwesenheit wieder die Küste erreichte, versammelten sich alle Tolteken, und Conan sprach zu ihnen: »Vernehmt, meine tapferen Brüder, was ich euch zu berichten habe. Fürwahr, ich scheute keine Mühsal. Seht die weiße Binse und den weißen Weidenzweig aus dem Lande Cholollan, wo die Leute im Überfluß leben. Dort errichtete ich einen Steinaltar und tat Buße. Ich erblickte die ansässigen Herrscher der Olmeken und vernahm die Stimme unseres teuren Herrn Quetzalcoatl. Er befahl mir: ›Wandere zurück und beruhige die Häuptlinge Ixicoatl und Teuyac. Hier in Cholollan soll euer neuer Wohnsitz sein. Seid nicht in Ängsten, schärft die Waffen und macht den ansässigen Olmeken ihre Ansiedlungen streitig!‹«
Als die beiden Häuptlinge Conans Rede hörten, weinten sie und beklagten ihr Schicksal, denn sie wären lieber an der Küste geblieben. Dann wandten sie sich an die Versammelten und sagten: »Hört zu, edle Tolteken, was der Gott uns befiehlt. Wir sollen weggehen von hier und in einem öden Land wie Sklaven arbeiten. Schon haben uns unsere tapferen Brüder, die Nonoualca, verlassen, nun müssen auch wir von hier fort und werden Leid und Trübsal erdulden.«
Conan aber sprach: »Habt keine Furcht, ihr Häuptlinge. Seht die weiße Binse und den weißen Weidenzweig. Cholollan ist reich und fruchtbar, und Quetzalcoatl, unser Herr, wird uns beschützen.«
Darauf gingen die Tolteken in ihre Wohnungen, bündelten ihre Habe und luden sie auf die Tragegestelle. Und im Morgengrauen des kommenden Tages zogen sie traurig fort.

Die Tolteken folgten den Wegzeichen, die der Priester Conan angebracht hatte. An der Spitze gingen ihre Häuptlinge Ixicoatl und Teuyac. Sie eroberten fremde Ansiedlungen, bestatteten ihre Toten und ließen sich nieder, um Atem zu schöpfen. Dann zogen sie weiter. Sie schickten ihre Späher voraus, drangen in Dörfer und Ortschaften ein, machten Gefangene und erschossen deren Häuptlinge. Ihre Kriegstaten verbreiteten Furcht und Schrecken, und als sie nach Chlolollan kamen, waren manche Ansiedlungen menschenleer. Sie zogen in die verlassenen Wohnungen und verweilten sechs Jahre am Ort des Wassers und Nebels, dort, wo der Quetzalvogel nistet, wo der weiße Adler über dem Berg schwebt und die Wachtel in der Blütenschlucht schlägt.
Aber der Priester Conan drängte sie weiterzuziehen, und als sie wieder aufbrachen, wurden sie am Ort der Großen Säle vom Heer der Olmeken und Xicalanca besiegt und gefangengenommen. Die Häuptlinge Amanapane und Ticacoz, die das Heer geführt hatten, verteilten die Besiegten auf die einzelnen Ansiedlungen. Dort mußten die Tolteken wie Sklaven niedere Arbeiten verrichten, und die Sieger trieben ihr Spiel mit ihnen. Sie schütteten ihnen Maisjauche in die Gesichter, ritzten ihre Fußsohlen mit Federkielen, verletzten sie am Rücken mit Harpunenpfeilen, fesselten sie an Bäume und schlugen sie mit Rohrstöcken.
Es war gekommen, wie die Häuptlinge Ixicoatl und Teuyac vorausgesagt hatten. Die Tolteken mußten für die Ansässigen Wasser holen, Bäume fällen, Holz schichten, Lehmbrei kneten und die schweren Maismahlsteine drehen. Sie wurden als Boten von einem zum anderen geschickt. Die Olmeken beleidigten sie, wo sie nur konnten, und behandelten sie schlimmer als Schakale.

Eines Nachts nun trafen sich die Häuptlinge der Tolteken und berieten, wie ihre Lage verändert werden könne; und sie beschlossen, die Olmeken und Xicalanca zu überlisten. In den kommenden Tagen schickten sie heimlich Boten ins Land und riefen die Tolteken auf, am Kinderschlangenberg zusammenzukommen.
Weinend traten Ixicoatl und Teuyac vor ihre Brüder und klagten: »So weit ist es nun gekommen, daß wir keine Waffen mehr besitzen und uns heimlich in der Nacht versammeln müssen. Sind wir denn noch Menschen, ihr Edlen? Was haben wir getan, daß unser Schöpfer und Gestalter uns so straft? Aber laßt sie nur reden und hütet euch, irgendeinen Olmeken oder Xicalanca zu beleidigen, ehe unsere Stunde kommt. Nehmt alle Mühseligkeiten und alle Not auf euch, meine tapferen Brüder. Unser Herr Tezcatlipoca, der Allessehende, wird nicht dulden, daß wir zugrunde gehen.«
Da weinten die versammelten Tolteken und baten den Priester Conan, der mit düsterer Miene abseits stand, Tezcatlipoca um Hilfe anzuflehen. Der Priester trat in den Kreis, tat Buße und brachte das Blutopfer, indem er sich Ohren und Wangen mit einem spitzen Jaguarknochen durchbohrte. Er stimmte Klagegesänge an, und bald darauf offenbarte sich ihm Tezcatlipoca.
Der Gott sprach: »Was höre ich von euren tapferen Häuptlingen Ixicoatl und Teuyac? Seid nicht verzagt und kleinmütig! Wenn ihr wissen wollt, wohin ihr gehen sollt, so sage ich euch: Hier in Chollollan wird eure Wohnstätte sein. Ich weiß, daß ihr verspottet und wie Knechte gehalten werdet, aber seid nicht traurig, denn ihr befindet euch schon in eurer Ansiedlung. Fürwahr, ICH, Tezcatlipoca, bin stärker als alle Olmeken und Xicalanca und werde euch helfen. Ihr sollt die Feinde vernichten und aus dem Lande vertreiben. Macht ihnen Musik, tanzt und stimmt den Opfergesang an. Hört auf meinen Gesang!«

Und nachdem Tezcatlipoca durch den Mund des Priesters gesungen hatte, sagte er: »Habt ihr die Worte vernommen? Vergeßt sie nicht. Seid nicht länger verzagt, aber hütet euch, den Olmeken und Xicalanca etwas von ihrer Habe zu nehmen. Verlangt nichts weiter als ihre alten Waffen, die Obsidianschwerter und Schilde, die in den Ecken am Wasserschleifstein herumliegen. Fürwahr, gebt acht auf den Gesang!«
Die Rede des Gottes ermunterte die Tolteken. Sie schöpften neuen Mut. Sie hörten auf das, was ihnen ihre Häuptlinge Ixicoatl und Teuyac rieten, und ehe der Morgen graute, gingen sie unbemerkt zu ihren Laubbetten zurück.

Die Kriegslist

Die toltekischen Häuptlinge Ixicoatl und Teuyac begaben sich zu Amanapane und Ticacoz. Sie verneigten sich vor ihnen und sprachen: »Wir wollen euch nicht unnütz bemühen, ihr Herren. Doch hört das Weinen und Wehklagen eurer Knechte, die die Bäume fällen und das Holz schichten. Seid nicht traurig, aber sie wollen nicht euren Zorn herausfordern; und wenn sie weinen und wehklagen, so tun sie es nur, um ihre Herren zu ergötzen. Nun möchten sie sogar ein Fest für euch richten. Um euch zu erfreuen, haben sie Lieder gedichtet und wollen dazu tanzen. Vielleicht gestattet ihr ihnen, das Fest am Ehrentag Tezcatlipocas, unseres Schöpfers und Gestalters, zu feiern. Tut euren Untertanen den Gefallen, ihr Herren.«
Die Häuptlinge der Olmeken und Xicalanca fühlten sich geschmeichelt durch diese Worte.
»Eure Gesinnung ist aufrichtig«, antworteten sie. »Es ist richtig, daß ihr zu uns gekommen seid. Wir werden es bedenken, meine Lieben; wir werden an den Ort des Sieges gehen und die Götter befragen. Ängstigt euch nicht!

Wohl haben wir das Weinen und Wehklagen unserer Knechte gehört, da wir oft in ihre Hütten kommen. Mögen sie nur alle Mühsal erdulden und ihren Herren gute Dienste leisten. Nirgendwo haben wir gehört, daß unsere Leute sie verspottet haben. Sie sollen am Festtag unsere Häuser gut schmücken, dann wird euer Anliegen gefördert werden.«
Ixicoatl und Teuyac blieben vor den Häuptlingen stehen, und als Amanapane sie fragte, warum sie nicht zu ihren Leuten zurückgingen, sagte Ixicoatl: »Ihr teuren Herren, eure Rede gefällt uns gar sehr, aber was wird geschehen, wenn die Olmeken und Xicalanca unserer Sache entgegenwirken? Habt ihr auch daran gedacht, daß ihr den Tolteken alle Waffen weggenommen habt? Wie sollen sie aber das Fest am Ehrentag Tezcatlipocas ohne Waffen begehen? Wir bitten euch daher um die alten Waffen, die an den Wasserschleifsteinen herumliegen.«
Amanapane beriet sich mit Ticacoz. Dann erwiderte er: »Ängstigt euch nicht! Geht zu euren Brüdern und sagt ihnen, sie werden am Tag des Festes nicht armselig daran sein. Sie mögen von Wohnung zu Wohnung laufen und ihre Herren um die alten Waffen bitten. Wir werden unsere Leute in eurem Sinne lenken. Geht nun, meine Lieben, es soll so geschehen, wie wir entschieden haben. Und vergeßt nicht, unsere Ansiedlungen zu schmücken.«
Da richteten Ixicoatl und Teuyac nochmals das Wort an die beiden Häuptlinge. Und sie sprachen zu ihnen: »Unsere lieben Herren und Helfer! Was wir vernommen haben, erfreut uns, aber eure Untertanen, die Tolteken, sind wirklich übel daran; denn wir befürchten, daß die Olmeken und Xicalanca ihre alten Waffen nicht hergeben werden, selbst wenn wir uns hüten, sie zu zerbrechen oder Schaden anzurichten. Obwohl es ein Fest zu euren Ehren ist, werden sie uns nichts leihen.«
Darauf erwiderten Amanapane und Ticacoz: »Schon gut,

meine Lieben! Macht uns nicht ungeduldig! Seid eifrig bei der Ausschmückung unsrer Ansiedlung und übt vor allem euren Gesang.«

Die Häuptlinge der Tolteken verabschiedeten sich und kehrten mit Zorn und Hoffnung im Herzen zu ihren Freunden zurück. Sie berieten sich mit dem Priester Conan, der hohes Ansehen genoß, und riefen ihre Leute am Kinderschlangenberg zusammen. Es war Nacht. Der Vollmond schien, und die Späher rings um den Versammlungsplatz hatten es leicht.

Die Häuptlinge und Conan sprachen die Begrüßung aus, dann nahmen Ixicoatl und Teuyac das Wort: »Hört, edle Tolteken, was wir euch zu berichten haben! Unser Schöpfer und Gestalter hat eure Tränen gesehn und euer Wehklagen vernommen. Wir haben es vor das Angesicht der Bewohner und Herren der Ansiedlung gebracht. Amanapane und Ticacoz haben euer Anliegen begrüßt. Ihr sollt zum Festtag ihre Häuser ausschmücken; beachtet es wohl, ihr tapferen Brüder, und werdet nicht zornig, wenn sie euch alle Lasten aufbürden. Unser Herr Tezcatlipoca, durch den alles lebt, hat uns den Weg gezeigt. Vertraut ihm, denn er wird euch helfen. Oder will er uns etwa hier vernichten?

Seid nicht furchtsam. Alles möge so geschehen, wie der Gott es bestimmt. Tröstet euch, seid zuversichtlich und richtet den Blick auf die Wohnungen der Götter, damit ihr nicht vorzeitig zornig werdet. Wir haben den Mut gehabt, vor den Herren der Ansiedlung für euch zu sprechen. Sie haben es wohlwollend aufgenommen und dem Fest am Ehrentag Tezcatlipocas zugestimmt, aber hütet euch, sie zu beleidigen, wenn sie euch auspressen.

Geht in ihre Wohnungen und bittet um die alten Schilde und Obsidianschwerter, die irgendwo herumliegen. Und wenn sie euch neue Waffen leihen wollen, so weigert euch zweimal, sie anzunehmen. Erst beim dritten Mal dürft ihr sie demütig entgegennehmen. Sprecht keinen Tadel aus, verschließt eure Lippen und sagt nichts Ungehöriges, wenn sie euch verspotten.

Und nun hört weiter zu, tapfere Tolteken. Wenn ihr im Besitz der alten Obsidianschwerter und Schilde seid, so bringt sie in Ordnung, aber macht es heimlich und verbergt die Waffen. Denkt immer daran, was uns die Olmeken und Xicalanca angetan haben. Sie behandeln uns so, daß wir zugrunde gehen, wenn wir uns nicht von ihnen befreien. Oder sind wir vielleicht Hunde, daß sie uns die Maisjauche ihrer Weiber ins Gesicht gießen? Sollen wir es weiter dulden, daß sie unsre Beine und Rücken mit Federkielen aufritzen? Edle Tolteken, wir fordern von ihnen nichts als die alten Waffen. Hütet euch, den Ansässigen etwas von ihrer Habe wegzunehmen. Vielleicht werden uns die scharfen Obsidianschwerter der Olmeken und Xicalanca vernichten. Trotzdem wollen wir gegen sie kämpfen.«

Nachdem die Häuptlinge so gesprochen hatten, wandten sie sich ab und weinten. Ihre Freunde richteten sie auf und sprachen: »Seid nicht traurig, ihr lieben Väter. Ihr habt viel Gutes für uns getan, und wir wollen eure Ratschläge in unseren Herzen bewahren. Es möge geschehen, was der Gott für uns bestimmt hat. Ihr habt uns getröstet und Mut gemacht. Laßt uns ans Werk gehen!«

Am nächsten Tag schon suchten sie die Wohnungen der Ansässigen auf. Sie blieben vor den Eingängen stehen und warteten, bis die Herren kamen. Dann fragten sie: »Könntet ihr uns nicht eure alten Schilde und Schwerter leihen? Wir wollen sie ausbessern und euch am Ehrentag Tezcatlipocas mit Gesängen und Tänzen erfreuen.«

»Ein Fest wollt ihr feiern?« fragten die Herren. »Nun gut, so geht in den Wald und schlagt junge Bäume, steigt in die Blütenschlucht und bindet Blumen, stellt dem Quetzalvogel nach und zupft ihm die grünen Schwanzfedern

aus, damit ihr unsere Ansiedlung schmücken könnt. Oder wollt ihr etwa unsere guten Waffen zum Fest haben?«
Die Tolteken erwiderten: »Nein, ihr Herren, gebt uns nur eure alten Waffen, die an den Wasserschleifsteinen herumliegen.«
Sie verschlossen ihre Lippen und kümmerten sich nicht um die Spottreden der Olmeken und Xicalanca. Eifrig liefen sie überall umher und suchten jeden Ort nach alten Bögen, Schilden, Obsidianschwertern und Wattepanzern ab. Und während sie Holz schlugen oder Blumenketten banden oder den Quetzalvögeln nachstellten, sammelten sie Obsidiansplitter und paßten sie in die Holzschwerter ein. Oder sie schnitten Weidenruten ab, fertigten sich Pfeile an und versahen die Spitzen mit Jaguarknochensplittern. Ihre Frauen besserten die alten Schilde und Wattepanzer aus und färbten sie blau und rot. Am Tage plagten und quälten sie sich für die Ausschmückung der Wohnungen, aber wenn der Abend kam, trafen sie sich am Kinderschlangenberg und übten sich im Gebrauch der Waffen.
Als endlich der Festtag herannahte, waren die Tolteken wohlgerüstet und bereit, den Herren ihre Tänze und Kriegsgesänge vorzutragen. In der Morgendämmerung versammelten sie sich vor dem Haus der Götter, stellten sich auf und erschreckten die Ansässigen mit ihrem Kriegsgeschrei. Sie drangen in die Wohnungen ein, töteten die Feinde, die eilig zu den Waffen griffen, und trieben die Gefangenen in den Wald. Ixicoatl kämpfte gegen Ticacoz, der den Überfallenen mit seinen Kriegern zu Hilfe eilte, und verwundete ihn. Amanapane rief indessen die Olmeken unter der Schirmakazie zusammen und stellte sich den Feinden entgegen.
Die Tolteken kämpften tapfer in ihren roten und blauen Wattepanzern, und als sie der Übermacht weichen mußten, hoben sie ihre Toten und Verwundeten auf und zo-

gen sich in die Wälder zurück. Die Olmeken verfolgten sie und befreiten ihre Gefangenen. Erst als es dunkel wurde, kehrten sie in ihre Ansiedlungen zurück.
Die Tolteken aber waren nicht geschlagen. Sie versammelten sich an einem geheimen Ort, bestatteten ihre Toten und drangen wieder in die Ansiedlung ein. Sie besiegten die Olmeken und Xicalanca und nahmen einen Teil der Siedlung in Besitz. Dort lebten sie fünf Jahre, ohne daß es zu einem neuen Krieg kam.

Bündnis mit den Höhlenbewohnern

Nachdem die Tolteken ihre Herren besiegt und einen Teil der Ansiedlung in Besitz genommen hatten, verbündeten sich die Olmeken und Xicalanca mit den Nachbarstämmen der Xochimilca und Ayapanca. Und im Jahre Sechs Haus kam es zu einer Schlacht, bei der beide Seiten hohe Verluste erlitten. Die verbündeten Stämme belagerten die Ansiedlung der Tolteken und führten ein Jahr lang Krieg gegen sie. Sobald ein Trupp Leute die Siedlung verließ, wurde er von den lauernden Feinden überfallen. Auch gerieten Frauen, die auf den Feldern arbeiteten, in die Gewalt der Xochimilca.
Als die Tolteken der Übermacht nicht widerstehen konnten, baten sie Conan, er möge den Herrn des Alls um Beistand bitten. Der Priester tat Buße und besprengte den Fußboden vor dem Ebenbild des Gottes mit Wachtelblut. Weinend betete er: »O Herr des Alls, unser Schöpfer und Gestalter, erbarme dich deiner Knechte. Du weißt genau, wie viele Tolteken von den Feinden getötet wurden. Die Xochimilca und Ayapanca bedrängen uns sehr und wollen uns vernichten. Wenn du uns deine Hilfe versagst, werden wir bald alle von Feindeshand fallen.

Höre unser Weinen und Wehklagen, o starker Gott! Oder sollen wir etwa hier zugrunde gehen? Erbarme dich deiner Knechte, o Herr des Alls. Möge der Feind erdrückt, möge seine Herrschaft vernichtet werden!«
Da hörte Conan, der vor dem Gott auf dem Boden lag, eine Stimme über sich sprechen: »Weinet nicht, Tolteken, seid nicht traurig! ICH, euer Schöpfer und Gestalter, weiß schon, was euch bedrückt. Und ich sage euch: Geht nach Colhuacatepec. Dort trefft ihr noch mehr Chichimeca. Sie leben in einer Höhle und sind große Helden und Sieger. Geht zu ihnen und sagt, was euch bedrückt. Sie werden euch helfen, eure Feinde, die Xochimilca und Ayapanca, zu vernichten. Beachtet wohl, was ich euch befehle! Eure Häuptlinge Ixicoatl und Teuyac mögen euch vorangehen!«
Die Tolteken vernahmen den Befehl des Gottes und schöpften Mut. Und sie machten sich auf nach der Höhle von Colhuacatepec. Am Tag Neun Geier erreichten sie Nonoualco. Als es tagte, wanderten sie weiter nach Tetipac. Dann wanderten sie noch vier Tage und trafen am Tag Dreizehn Blume glücklich in Colhuacatepec ein.
Ixicoatl und Teuyac gingen sogleich daran, ein Wahrzeichen zu Ehren des Gottes zu errichten, und Teuyac sprach zu seinem Gefährten: »Mein edler Freund Ixicoatl, nun sind wir hier angekommen, und ich bitte dich, lege deine Hände an den Felsen der Chichimeca.«
Ixicoatl legte seine Hände an den Felsen und spürte Wärme in seinen Körper strömen. Und als die Sonne unterging, legte er das Ohr an den Stein und hörte fern das Summen der Honigbienen.
Darauf sprach er zu Teuyac: »Ich höre die Honigbienen, mein edler Bruder. Wir wollen den Felsen an dieser Stelle durchbrechen. Laßt uns angestrengt arbeiten, damit wir unseren Schöpfer und Gestalter nicht betrüben.«
Sie holten sich Werkzeug und schlugen ein Loch in den Fels, und als sie in den Berg hineinschritten, waren sie

plötzlich mitten im Herzen von Colhuacatepec.
Dort offenbarte sich ihnen Tezcatlipoca, den sie herbeigerufen hatten. Und er sprach zu ihnen: »Nun geht getrost weiter und sprecht mit den Kinder der Chichimeca. Zögert nicht, ihr Häuptlinge, stellt sie auf die Probe!«
»Es ist recht, mein großer Fürst!« antwortete Ixicoatl und steckte seine Lanze in die Höhle. Als er sie wieder zurückzog, saß eine Honigbiene auf der Spitze, und bald darauf kam der Abgesandte Coatzin heraus.
»Wer seid ihr?« fragte er. »Wer hat euch zu uns geschickt? Was wollt ihr tun?«
Ixicoatl und Teuyac standen auf und erwiderten: »Wir sind die Häuptlinge eurer Brüder, der Tolteken, und da ihr uns bis jetzt nicht besucht habt, sind wir zu euch gekommen. Der Herr des Alls hat uns geschickt, um euch von eurem Höhlendasein zu befreien. Geh hinein und sage es deinen Brüdern!«
Der Abgesandte ging in die Höhle hinein, und als die Chichimeca ihn sahen, fragten sie: »Wer hat den Fels zerbrochen? Wer ist gekommen?«
Coatzin sagte: »Höret, was sie sprechen! Es sind Tolteken, und sie sind hier, uns von unserem Höhlendasein zu befreien.«
»Sagten sie das? Und ist der, dessen Stimme wir hörten, etwa der starke Gott?«
Wiederum ging der Abgesandte Coatzin hinaus und fragte Ixicoatl: »Bist du es etwa selbst, unser Schöpfer und Gestalter?«
Ixicoatl sprach: »Höre, Coatzin! Ich bin hier, um einige von euch zu holen. Ich bin gekommen, um unsere Brüder, die Chichimeca, von ihrem Höhlen- und Bergdasein abzubringen.«
»Gut, so hört dazu euren Vater, euren Herrn«, sagte Coatzin und verschwand wieder in der Höhle. Ixicoatl und Teuyac warteten, und als es dunkel wurde, breiteten sie

ihre Matten aus und legten sich schlafen.
Am anderen Morgen stand der Abgesandte Coatzin vor ihrem Lager und sprach: »Euer Vater, euer Herr, hat die Botschaft gehört. Er heißt euch willkommen; denn die Honigbiene hat sich auf eure Lanze gesetzt. Es ist richtig, daß ihr uns von unserem Höhlen- und Bergdasein abbringen wollt. Möget ihr uns also anrufen!«
Da freuten sich Ixicoatl und Teuyac. Sie stellten sich an den Rand der Höhle und sangen:

»Wir wagten es,
den Berg zu zerbrechen,
der euch gefangenhält!
Wir brachen auf,
um Trost zu empfangen.

Der Krieg breitet sich aus,
helft uns, ihr Tapferen!
Zieht mit uns zum
Land des Wassers und Nebels,
den Feind zu besiegen.

Wir wagten es,
den Berg zu zerbrechen,
der euch gefangenhält!

Kommt mit uns zum
Kinderschlangenberg,
wo der weiße Adler schwebt,
wo die weiße Schlange frißt,
wo die weißen Weiden stehn.

Der Krieg breitet sich aus,
helft uns, ihr Tapferen!
Zieht mit uns zum
Land des Wassers und Nebels,
den Feind zu besiegen.«

Coatzin ging wieder in die Höhle zu seinen Brüdern und sagte: »Ihr habt den Gesang der Tolteken gehört. Was sollen wir tun?«
Die Chichimeca berieten miteinander, bis die Dämmerung nahte. Dann legten sie sich auf ihre Matten schlafen. Als sie erwachten, sagte Häuptling Texcalteca: »Es ist schon gut, wenn wir mit ihnen gehen. Speer und Schild sind unser Schicksal. Sicherlich haben sie uns nur wegen des Krieges aufgesucht. Schon sitzen zu unserer Rechten und Linken die Honigbienen. Was aber wird geschehn, wenn wir die Höhle verlassen? Gewiß werden wir nur ödes Land und Steppe antreffen. Geh hinaus, Coatzin, und frage sie!«
Der Abgesandte ging hinaus und fragte die Tolteken. Ixicoatl antwortete: »Höre, Coatzin, der Gott schickt uns, um die Bienen von ihrem Berg- und Höhlendasein zu befreien. Sicherlich müßt ihr mit uns durch ödes Land und Steppe ziehen; dort in der Ansiedlung aber werden die Kinder der Chichimeca blühen und kühn sein.«
Coatzin überbrachte die Antwort. Die Chichimeca berieten den ganzen Tag. Dann sprach Texcalteca: »Sie haben es unternommen, den Berg zu zerbrechen. Laßt uns also mit ihnen reden. Vielleicht ist es gut, von hier wegzugehen. Sprachen sie nicht davon, daß alle Chichimeca blühen und kühn sein werden?«
»Es ist so«, sagte Coatzin. »Alle sollen blühen und kühn sein.«
Am vierten Tag kamen die Chichimeca mit ihren Frauen heraus. Ixicoatl und Teuyac begrüßten sie und trugen ihre Bitten vor. Darauf sangen die Chichimeca:

»Am Tag Drei Haus
kamen wir heraus.
Speer und Schild
sind unser Schicksal.

Wir sind Krieger,
wir machen Gefangene.
Oh, der Krieg,
wohin führt er uns?«

Nachdem sie so gesungen hatten, nahm Texcalteca das Wort: »Wenn wir mit euch ziehn, bleibt unsere Höhle verwaist zurück. Wohlan, was sollen die Chichimeca fordern? Was könnt ihr uns zu essen geben? Was gebt ihr uns für unseren Beistand?«

Ixicoatl erwiderte: »Es ist gut, mein Fürst. Dein Schöpfer und Gestalter schickt uns zu dir. Er verlangt weiße Kreide und Federn, damit du ihm helfen sollst. Mögen die Chichimeca fordern, was sie wollen. Wenn die Feinde geschlagen sind, sollen die Kinder und Herrscher der Chichimeca vier Herrschersitze bekommen.«

Ixicoatl erhob sich und gab jedem Chichimeca Maiskörner zu essen. Alles verschwendete er, was er in seiner Netztasche mitgebracht hatte, und auch seine Gefährten leerten ihre Netztaschen am Rande der Höhle. Der Mais schmeckte den Kindern der Chichimeca gut, und während sie so viel aßen, daß sie bald wirr redeten, machten sich ihre Häuptlinge mit Ixicoatl und Teuyac bekannt.

Nach dem Festmahl fasteten die Herrscher der Chichimeca. Sie legten sich in die Zweige der Schirmakazie und verbrachten dort vier Tage und Nächte. Sie taten Buße, kasteiten sich und wurden von Adlern und Jaguaren genährt und getränkt. Dann kletterten sie am Baumstamm hinunter und ließen sich, zum Zeichen, daß sie tapfer und siegreich sein würden, die Nasen mit dem Jaguarknochen durchbohren.

Die Kinder der Chichimeca verließen ihre Höhle. Auf dem Zauberballspielplatz sahen sie zu, wie ihre Häuptlinge nach dem Willen der Götter verloren und gewannen. Am Tage Sieben Hirsch brachen die Chichimeca auf, um ihre ruhmreichen Taten zu vollbringen.

Die sieben Stämme der Chichimeca trafen sich auf dem gekrümmten Rücken des Heuschreckenberges. Und Häuptling Texcalteca sprach zu ihnen: »Schaut nicht rückwärts, meine tapferen Söhne. Tezcatlipoca, der Herr des Alls, hat uns weiße Kreide und Federn, Speer, Schild und Pfeil gegeben, damit wir den Tolteken Beistand leisten. Auf, laßt uns nun angestrengt arbeiten! Schlagt Holz für die Tragegestelle, ladet eure Habe auf und schärft eure Waffen! Wenn der Morgen dämmert, beginnt unser Marsch durch das öde Steppenland. Unsere Brüder Ixicoatl und Teuyac gehen uns voran und zeigen den Weg zum Ort des Wassers und Nebels, wo unsere neuen Wohnsitze sein werden. Schaut nicht rückwärts, meine edlen Söhne!«

Als der Tag anbrach, hatten die Kinder der Chichimeca alle Arbeiten verrichtet. Sie nahmen ihre Vorräte auf und verließen die sieben Siedlungen der Höhle von Colhuacan, wo sie so lange gehaust hatten. Unterwegs gesellten sich ihnen ihre Stammesgenossen, die Quautinchantla, zu.

Sie wanderten sechs Tage durch die öde Steppe, gebrauchten ihre Waffen, wenn sie aus dem Hinterhalt angegriffen wurden, und ließen sich nicht zerstreuen. An vielen Siedlungen zogen sie vorbei. Abends schlugen sie ihr Lager auf, teilten Wachtposten ein und legten sich schlafen. Ixicoatl und Teuyac führten sie auf verborgenen Pfaden sicher durch das unbearbeitete Gras- und Baumland.

Sie fingen Wachteln und Schlangen, schossen Kaninchen, Rehe und Hirsche; und als sie sich den Ansiedlungen der Xochimilca und Ayapanca näherten, errichteten sie zu Ehren Tezcatlipocas, durch den alles lebt, ein Wahrzeichen und bereiteten sich auf den Krieg vor. Die

Häuptlinge Ixicoatl und Teuyac schickten Eilboten in ihre Ansiedlungen, die den Tolteken die Kunde vom Herannahen der sieben Stämme der Chichimeca überbrachten.

Eine Woche später, am Tag Vier Bewegung, vereinigten sich die Krieger der Chichimeca und Tolteken und fielen in die Ansiedlungen der Xochimilca und Ayapanca ein, die den Tolteken soviel Leid zugefügt hatten. Am Tag Sieben Blume eroberten sie achtzehn Siedlungen und machten viele Gefangene. Auch die Häuptlinge der Feinde gerieten in die Gewalt der Verbündeten.

Nachdem nun die Feinde ihren Schrecken verloren hatten, feierten die Sieger ein Fest zu Ehren Tezcatlipocas, dem Herrn des Alls, der ihnen im Kampf geholfen hatte. Sie zimmerten gitterartige Holzgestelle und bauten sie auf einer Anhöhe auf. Dann banden sie die gefangenen Häuptlinge daran fest und erschossen sie mit Pfeilen.

Drei Tage dauerte das Fest des Gottes. Vor dem Weitermarsch sprach Ixicoatl zu den Chichimeca: »Meine lieben, tapferen Brüder! Ihr habt den Vorstehern der Tolteken, euren Stammesgenossen, Gutes getan. Laßt uns nun aufbrechen nach ChololIan. Als Zeichen der Freude und Anerkennung für eure Heldentaten schenken wir euch hundert der edelsten Töchter von unseren Ansiedlungen. Nehmt sie zu euren Frauen!«

Häuptling Texcalteca antwortete: »Wir haben uns angestrengt, wir haben eurer Ansiedlung Hilfe geleistet, und ihr habt uns dafür belohnt. Der starke Gott, der unsere Stämme vereinte, möge uns auch weiterhin beschützen. Die Kinder der Chichimeca haben ihre Ansiedlungen aufgelöst und sind durch die unbewohnte Steppe gezogen. Führt uns nun zum Land des Wassers und Nebels, damit wir uns dort niederlassen können.«

Die Chichimeca und Quautinchantla wanderten in Begleitung der toltekischen Häuptlinge weiter. Das Land war

bebaut und fruchtbar, und sobald sie eine Ansiedlung betraten, ließen die Tolteken zu Ehren ihrer Freunde Musik erschallen. Sie schlugen die Pauken, sie trommelten auf den Klangbüchsen, sie spielten die Flöten und Schalmeien, sie schüttelten die Rasseln, sie bliesen die Jaguar- und Adlerschnecken-Trompeten; sie sangen und tanzten und stimmten die Chichimeca fröhlich.
So erreichten sie schließlich das Land des Wassers und Nebels, wo der weiße Adler über dem Berg schwebt, wo die weißen Weiden und Binsen stehen, wo der Quetzalvogel nistet, wo sich der weiße Strom hinzieht und wo in der Blütenschlucht die Wachtel schlägt.
Ixicoatl hieß die Chichimeca und Quautinchantla am Ort der Ankunft willkommen. Er wies mit weiter Gebärde über das Götterland, er beschrieb die gras- und baumbewachsene Gegend und setzte die Grenzen für die Ansiedlungen der Verbündeten fest, wie sie der Rat der Tolteken beschlossen hatte.
Sie begannen am Abhang der blasigen Lava, dort wo der Zwiebelberg steht, zogen sich durch die Täler der Matten und Agaven und umgaben wie eine Blumenkette den Berg des jungen Maiskolbens. Bis zu den Wäldern des Adlers und Jaguars, bis zur roten Felshöhle, wo das trübe Wasser fließt, erstreckten sich die Grenzen der neuen Ansiedlung.
Nachdem sie sich einig geworden waren, verabschiedeten sich die Chichimeca und Quautinchantla von den Tolteken und nahmen ihre Ansiedlung in Besitz. Dort im Blumenkettenland errichteten sie die Wohnungen der Götter, erbauten ihre Türkishäuser, setzten ihre Herrscher ein und lebten in Frieden und Eintracht mit den Tolteken, die sie vom Berg- und Höhlendasein erlöst hatten.

Göttersagen der Azteken

Huitzilopochtli

Niemand kann uns erzählen, wie die ersten Götter erschaffen wurden, und niemand weiß, woher sie gekommen sind. Nur das eine ist gewiß, daß es einen heiligen Ort gibt: Teotihuacan. Dort versammelten sich alle Götter, um zu beraten, wer der Herrscher sein solle. Damals lag das All noch in tiefer Finsternis. Die Götter stellten die Sonne an ihren Platz und ernährten sie mit ihrem Blut. Damals starben alle, und niemand weiß mehr die Namen der ersten Götter, die mit ihrem Blut die Sonne ernährten und das Licht in die Finsternis brachten.

Wie die alten Väter erzählen, gab es seit undenklichen Zeiten den Gott Huitzilopochtli, der von den Mexikanern sehr verehrt wurde. Er war der Kriegsgott der Azteken und verlieh ihnen Mut und Kraft in der Schlacht. Sein Ursprung liegt auf dem Coatltepec, dem Schlangenberg, in der Gegend von Tollan.

Eines Tages kam Coatlyc zu ihm, die Mutter der vierhundert Südlichen. Ihre älteste Tochter Coyolxau, die ein mit Schellen bemaltes Gewand trug, wurde zornig und warnte sie vor dem Gott, aber Coatlyc schlug die Warnung ihrer Tochter in den Wind und diente dem Gott auf dem Schlangenberg wie eine Magd.

Einmal, als sie mit einem Reisigbesen den Boden fegte, regnete es Federn auf sie herab. Coatlyc formte einen Ball aus den Federn und versteckte ihn in den Falten ihres Gewandes. Bald darauf wurde sie schwanger; und als die vierhundert Südlichen sahen, daß ihre Mutter ein Kind erwartete, gerieten sie in großen Zorn.

»Was hat sie uns angetan?« riefen sie. »Wie müssen wir sie bestrafen?«

Und Coyolxau sprach: »Meine älteren Brüder! Unsere Mutter hat Schmach und Schande über uns gebracht. Laßt uns die Verbrecherin töten!«

Als Coatlyc erfuhr, daß ihre Kinder ihr nach dem Leben trachteten, war sie bedrückt und wurde sehr traurig. Aber das Kind, das geborgen in ihrem Leib aufwuchs, tröstete sie.
»Fürchte dich nicht, meine liebe Mutter«, sprach es. »Ich weiß schon, was wir tun werden.«
Da beruhigte sich das Herz der Mutter. Die Stimme ihres Kindes hatte sie getröstet, und sie hatte keine Furcht mehr.
Die vierhundert Südlichen, aufgehetzt von Coyolxau, beschlossen den Tod ihrer Mutter und rüsteten sich zum Kampf. Und da sie alle den Rang von Häuptlingen hatten, legten sie die entsprechende Kleidung an und banden ihr Haar mit Riemen fest. Einer von ihnen mit Namen Quauitl, der als Bote von einem zum anderen lief, hinterbrachte Huitzilopochtli, daß sich die Südlichen zum Krieg rüsteten.
Der Gott sprach: »Es ist gut, daß du gekommen bist, mein lieber Onkel. Ich weiß schon, was ich tun werde. Passe scharf auf und sage mir, wann sie kommen.«
Am Tag Dreizehn Geier traten die Abteilungen in Reihen geordnet den Marsch zum Schlangenberg an. Sie hatten ihre Nesseldecken mit bunten Papierstreifen geschmückt und Schellen um die Waden gebunden. Als Waffen trugen sie Speere mit gezackten Holzspitzen. Allen voran ging Coyolxau; denn sie wollte die erste sein, die den Speer auf die Mutter schleuderte.
Quauitl aber war den Kriegern schon lange vorausgeeilt. Schleunigst erklomm er den Schlangenberg und rief Huitzilopochtli zu: »Sie kommen, o Herr!«
Der Gott verbarg sich in einer Höhle und befahl Quauitl, Ausschau zu halten.
»Sie sind schon an der Schädelpyramide«, sagte Quauitl.
»Paß gut auf, mein lieber Onkel!«
»Sie betreten den Schlangenberg.«

»Paß scharf auf, mein lieber Onkel!«
»Sie sind auf der ersten Terrasse.«
»Verliere sie nicht aus den Augen!«
»Jetzt sind sie am Abhang des Schlangenberges.«
»Schau aus, wo sie kommen!«
»Jetzt sind sie auf dem Gipfel. Als erste kommt Coyolxau.«

Darauf trat Huitzilopochtli, der Furchtlose, aus der Höhle hervor, geschmückt mit den Zeichen des gewaltigen Kriegers. Er hatte den Hut aus gelben Papageienfedern aufgesetzt, mit dem Quetzalfederbusch auf der Spitze. Seine Gesichtsmaske war mit blauen Streifen bemalt; der Ohrpflock bestand aus den Federn des blauen Cotinga, und von den Schultern wallte die Feuerschlangenverkleidung herab. Das blaue Netztuch umgürtete ihn; seine Beine waren blau gestreift mit Glöckchen und Schellen um die Knöchel. Er trug die fürstliche Sandale, und an seinem Schild steckte ein Bündel mit Pfeilen. In der Hand hielt er das blaue Wurfbrett mit dem Türkisschlangenstab.

So trat Huitzilopochtli vor die Angreifer hin und befahl einem seiner Diener, die Türkisschlange in Brand zu setzen. Dann schleuderte er den brennenden Schlangenstab auf Coyolxau, durchbohrte sie und schnitt ihr den Kopf ab.

Die vierhundert Südlichen stimmten das Kriegsgeschrei an, schlugen die Trommeln, bliesen die Adlerschnecken-Trompeten, rasselten mit den Schellen und stürmten mit erhobenen Schilden auf den schrecklichen Krieger los, der wie ein Riese vor ihnen stand. Huitzilopochtli reckte sich und brach in die Reihen der Angreifer ein. Er trieb sie den Abhang hinunter, verfolgte sie und jagte sie viermal um den Schlangenberg.

Vergebens versuchten sich die vierhundert Südlichen gegen Huitzilopochtli, den zornigen Gott, zu verteidigen. Wieder und immer wieder schleuderte er den Türkis-

schlangenstab, tötete die Tapfersten und brachte die anderen zur Auflösung.
Ein verwundeter Häuptling warf den Schild weg und rief: »Genug, wir ergeben uns!«
Aber Huitzilopochtli ließ sich nicht besänftigen und stürmte den Zurückweichenden nach. Nur wenige retteten sich vor seinen Händen und entkamen nach dem Süden. Nachdem nun Huitzilopochtli seinen Grimm gesättigt hatte, legte er den kostbaren Kriegsputz der Südlichen zum Zeichen des Sieges an.
All das geschah in uralter Zeit, und nur die Geschichtenerzähler wissen noch davon. Huitzilopochtli wurde der Kriegsgott der Azteken, die ihm auf dem Schlangenberg Opfer darbrachten. Sie vertrauten ihm, sie ehrten und hüteten ihn, und wohin sie auch kamen, errichteten sie Wahrzeichen mit dem Ebenbild des gewaltigen Gottes.

Die Hüter des Gottes

In der Nacht vor dem Fest des gewaltigen Kriegsgottes leuchten die Feuersäulen auf, und die Priester stellen Schüsseln mit dem feingemahlenen Samen des Fischgemüses bereit. Sie zerstampfen ihn, gießen Wasser hinzu, quirlen und kneten ihn, bis er geschmeidig wie Schildlaussalbe wird. Aus dem Teig, so fein und weich wie Daunen, formen sie an einem Holzgerüst das Ebenbild Huitzilopochtlis, schmücken es mit Kolibrifedern, setzen ihm den Quetzalfederschmuck auf und bemalen den Leib mit roten und blauen Streifen.
Um Mitternacht kommen die Jünglinge aus dem Priesterhaus, die ein Jahr lang zu Ehren des Gottes gefastet und zweitausend Kiefernstämmchen aus den Wäldern der Otomis herbeigeholt haben. Sie tragen Fackelbündel und legen, ehe sie ihren Tanz beginnen, Opfergaben vor das

Ebenbild Huitzilopochtlis. Jeder Jüngling bringt eine große und fünf kleine Decken, ferner ein Körbchen mit Maiskörnern und hundert Maiskolben. Schwer lastet der Dienst für Huitzilopochtli auf den Jünglingen, und manchen gab es, der sich heimlich davonstahl und lieber in der Schlacht sein Leben ließ oder dem Feind als Sklave diente.
Um Mitternacht werden die Kiefernstämmchen angezündet, und es beginnt der Tanz in Schlangenwindungen. Angeführt vom Häuptling des Südtempels, stoßen die Jünglinge wilde Schreie aus, ihre Körper schießen wie Speere in die Luft, drehen und winden sich, fallen zurück und schnellen von neuem mit hocherhobenen Armen empor. Es dröhnen die Pauken, die Trommeln erzittern unter den Wirbeln, und die Adlerschnecken-Trompeten heulen in schauerlichen Tönen.
Dann springt der Kolibrilinke in den Kreis der Tänzer, ein junger Krieger, der ein Jahr lang die Tracht des Gottes getragen hat; und er dreht und windet sich, zuckt mit den Schultern, schnellt höher als alle anderen wie ein Pfeil in die Luft, bis er schließlich erschöpft zusammensinkt.
Um Mitternacht versammeln sich die Häuptlinge und Führer der jungen Mannschaft vor dem Ebenbild Huitzilopochtlis. Sie schwenken glühende Handkohlebecken, leuchten ihm mit Fackeln und blasen für ihn die Flöten. Die Priester erscheinen und tragen den Gott zum Nebelhäuschen am Tempelkanal. Und während auf dem Schlangenberg die dumpfen Schläge der großen Pauke erschallen, vollzieht der Hauptpriester Huitzilopochtlis die heilige Waschung. Er schöpft Wasser mit einer grünen Schale, taucht viermal ein grünes Schilfrohr ein und wäscht damit Gesicht und Leib des Gottes. Dann zieht er ein frisches Priestergewand über und trägt das Ebenbild Huitzilopochtlis zu seinem Tempel.
Nachdem nun die Waschung vollendet ist und der aus

dem Samen des Fischgemüses geformte Leib an seinem Platz steht, ist der einjährige Dienst für die Jünglinge vorbei. Sie singen und tanzen und sind sehr froh und laufen nach allen Richtungen auseinander.
Am nächsten Morgen, wenn die Sonne über den Bergwäldern aufgestiegen ist, wird der Leib Huitzilopochtlis in Anwesenheit des Königs und der Vorsteher beider Stämme, die in der Hauptstadt wohnen, geopfert. Der Oberste Priester stößt ihm einen Speer mit einer Feuersteinspitze ins Herz, und nachdem nun der Gott gestorben ist, wird sein Körper verteilt. Das Herz gehört dem König; Kopf und Hals bekommen die Vorsteher der Tlatelolca und Tenochca, und die anderen Teile werden in kleinen Stücken an die Jünglinge verteilt, die damit ihren einjährigen Dienst als Hüter des Gottes beginnen. Während auf dem Tempelhof das Fest bis zum Abend andauert, gehen sie ins Priesterhaus, legen traurig ihre Festgewänder ab und bereiten sich auf die schwere Bürde vor, die sie in den kommenden achtzehn Monaten erwartet.
Die anderen Jünglinge aber, die um Mitternacht ihr Fasten beendeten, sind indessen zu ihren Familien zurückgekehrt und in Ehren empfangen worden. Nur mit ihren Schambinden bekleidet, sind sie in die Wohnungen eingetreten; denn selbst ihre Mäntel und Decken mußten sie verkaufen, um dem Gott Tomaten, Salz, roten Pfeffer, Mais, Kürbissamen und Kakao als Speise und Trank hinstellen zu können.
Nach dem langen Fasten erfreuen sie sich nun an dem Festmahl, das ihnen von ihren Verwandten bereitet wird. Sie waschen sich, ziehen frische Gewänder an und essen Fruchtkrapfen, Maisfladen, Truthühner und am Spieß gebratenes, zartes Hundefleisch. Auch trinken sie Wein dazu, der ihnen von ihren Brüdern und Onkeln ins Haus gebracht wird.
Gleichsam stark und mutig geworden, erwachen sie zu

einem ruhigen, friedlichen Leben, ohne daran denken zu müssen, den Tisch für andere zu decken. Die Fischer fahren zum Fischen hinaus, die Jäger stellen dem Wild nach, die Bauern verrichten ihre Arbeit auf den Gemüse- und Agavefeldern, die Handwerker üben ihre Berufe aus, und die Händler ziehen mit ihren Waren auf den Märkten der Städte umher. Und nur wenn ein Krieg kommt, treffen sie sich wieder in den Hundertschaften der Hüter des Gottes, die als Tapfere in den ersten Reihen kämpfen.

Tezcatlipoca

Der wahre, große Gott, dessen Sklaven wir sind, heißt Tezcatlipoca. Er ist es, der den Menschen alles gibt, was sie brauchen. Er hat Himmel und Erde erschaffen, er ist der Schöpfer der Menschenwelt. Niemand hat ihn je gesehen, denn er ist unsichtbar wie die Nacht und der Wind, und wenn er bisweilen zu jemandem spricht, so ist es, als riefe ihn ein Schatten an.

Tezcatlipoca wohnt überall, in der Unterwelt, auf der Erde und im Himmel. Wenn er auf der Erde weilt, weckt er Zwietracht und hetzt die einen gegen die anderen auf. Darum nennt man ihn auch »Feind aller« oder »Zwischenträger«. Häufig treibt er Schabernack mit den Leuten und erfindet alles Böse, was über die Menschen kommt.

Zuweilen aber macht der Gott, dessen Sklaven wir sind, die Menschen auch reich und glücklich und verleiht ihnen den Rang eines Häuptlings, eines Fürsten oder gar eines Königs.

Der Tempel des Herrn des Himmels und der Erden steht oben auf dem Schlangenberg, und jeder kann dort vor dem Ebenbild des Gottes seine Opfergaben niederlegen. Tezcatlipoca hält in der rechten Hand einen rauchenden Spiegel, weshalb man ihn auch den Spiegeljüngling nennt. Seine Federkrone ist mit Feuersteinmessern besetzt und sein Gesicht mit verschiedenfarbigen Querstreifen bemalt. Auf dem Rücken trägt er einen goldenen Korb, gefüllt mit grünen Quetzalfedern. Der goldene Ohrpflock ist dornig gekrümmt, und sein Armreif ist wie die Krone mit Feuersteinmessern besetzt. Seine Beine sind zur Hälfte mit schwarzer Farbe bemalt; um seine Knöchel sind Glöckchen und Schellen, und auf den Sandalen ist das Bild der Obsidianschlange. Prächtig mit Federbällen und Papierfähnchen geschmückt ist sein Schild, den er in der linken Hand trägt.

Jedermann weiß, wie schrecklich in seinem Zorn Tezcatlipoca ist. Wer ihn beleidigt, den stürzt er in Armut und Elend, und wer sein Gelübde nicht erfüllt, das er dem Gott gegeben hat, über den bringt er gefährliche Krankheiten, wie Aussatz, Geschwüre, Krebs, Knieverschleimung, Leistenbeulen oder alle Arten unheilbarer Hautkrankheiten.

Wenn der Kranke sehr leidet, so betet, so schreit er: »O Herr, dessen Sklave ich bin, erlöse mich von meinen Schmerzen! Wenn du mich heilst, werde ich dir ewig dienen. Das gelobe ich dir. Was ich am Tage erwerbe, soll dir gehören. Hier in dieser Hütte werde ich singen und tanzen, sobald du mich von meiner Krankheit erlöst.«

Manchmal erhört Tezcatlipoca das Gebet, aber er handelt nach Gutdünken. Wen er reich machen will, den macht er reich; und wen er unglücklich machen will, den straft er durch Krankheit oder durch Armut. Keiner stiftet ihn an, und niemand kann ihn hindern in seinem Tun.

Bisweilen gerät der Kranke, dem der Gott Schmerzen zufügt, in Verzweiflung und schilt: »O du Zankscheißer, du Hanswurst, schlag mich doch lieber gleich tot oder zertritt mich mit deinem Fuß. Weißt du nicht mehr, daß ich den Boden in deiner armen Hütte gefegt und den Unrat entfernt habe? Ich bin dein Waisenknabe, du aber bewirfst

meinen Leib mit Krankheit. Hab doch endlich Mitleid, erbarme dich meiner! Gib mir deine Süße, deine Freude, und erlöse mich von der Pein!«
Niemand kann jedoch voraussagen, was geschehen wird. Manchmal heilt Tezcatlipoca den Kranken, ohne zu zürnen, manchmal läßt er ihn sterben. Gerät der Gott in Wut, so bringt er den Himmel zum Einsturz, und wir gehen alle zugrunde.
Tezcatlipoca wird im ganzen Lande verehrt. Überall stehen Erd- oder Steinpyramiden, und überall harrt man seiner Befehle. An den Kreuzwegen sind Wahrzeichen aufgerichtet, die in den letzten fünf Tagen jeden Monats mit grünen Fichtenzweigen geschmückt werden. Er, dessen Sklaven wir sind, ist der wahre, große Gott, der den Menschen zu essen und zu trinken gibt.

Schöpfungssagen

Noto und Nene

Dies ist die Geschichte von der großen Flut. Damals stieg ER, dessen Untertanen wir sind, vom Himmel auf die Erde hinunter. Zu Noto und dessen Weib Nene ging er und sprach: »Hört, was ich euch zu berichten habe! Tretet aus eurer Hütte und seht euch den Himmel an. Hebt eure Augen zum Wasserhimmel empor.«
Noto und Nene traten aus ihrer Hütte und blickten zum Wasserhimmel. Es herrschte eine große Stille; unheimlich still war es, mit einem fernen Rauschen, als nähere sich von weit her ein Wind. Noto und Nene sahen sich angstvoll an. »Was soll das bedeuten?« fragten sie. »Warum wird es plötzlich so dunkel?«
Da holte der Gott einen Spiegel aus seinem Gewand. Noto und Nene schauten hinein und sahen schwarze Vögel vom Himmel auf die Erde stürzen.
»Habt keine Angst«, sprach der Gott. »Ich, Tezcatlipoca, werde euch helfen. Sucht euch einen dicken Baumstamm und höhlt ihn aus. Beeilt euch, zögert nicht; denn bald wird der Wasserhimmel zerplatzen, und die Erde wird an einem einzigen Tag überflutet sein.«
So sprach Tezcatlipoca und verschwand. Noto und Nene aber beeilten sich, seinen Rat zu befolgen. Sie suchten sich einen Baumstamm und höhlten ihn aus. Als die Zeit des großen Wachens kam, erschien ER, der über Wind und Sturm gebietet, und sagte: »Nun ist es soweit. Du, Noto, iß ein Maiskorn, und du, Nene, iß einen Kürbiskern.«
Sie aßen, was ihnen der Gott befohlen hatte, und krochen in das Kanu hinein. Noto mauerte es zu, und Nene setzte sich, als alles fertig war, auf seinen Schoß. Sie hörten draußen den Sturm toben. Der Himmel zerplatzte, und das Wasser kam über die Erde. Und alle Menschen, die an den Flüssen und Küsten lebten, wurden von den Göttern in Fische verwandelt.

Das Kanu mit Noto und Nene trieb wie ein Schilfrohr auf der Flut dahin, und es war so finster, daß sie einander nicht sehen konnten. Trotzdem hatten sie keine Furcht; denn Tezcatlipoca hatte ja versprochen, ihnen zu helfen. Endlich ging das Wasser zurück, und das Kanu geriet an einer seichten Stelle auf Land. Und da es sich nicht mehr bewegte, schlugen Noto und Nene ein Loch und krochen hinaus.
Sie waren sehr hungrig, fanden aber überall Fische. Da warf Tezcatlipoca ihnen den Feuerbohrer herab. Nene lief in den Wald und sammelte einen Berg Holz. Sie trocknete es in der Sonne und brachte es zu Noto, damit er mit dem Bohrer ein Feuer entfache. Noto versuchte es, aber es wollte nicht brennen. Er versuchte es ein zweites Mal, aber es brannte noch immer nicht. Erst beim zehnten Mal stieg Rauch auf, und die trockenen Zweige fingen Feuer. Also Noto und Nene die Flammen sahen, tanzten sie vor Freude und vergaßen, sich bei dem Gott zu bedanken. Sie brieten sich Fische, sie aßen die gebratenen Fische und warfen immer dickere Äste ins Feuer.
Darüber zürnten die Götter, und der Gott mit dem Sternengewand, der Sternenreiche, rief: »Wer verbrennt da etwas? Wer räuchert da den Himmel an?«
Auch Tezcatlipoca war zornig. Er stieg zur Erde hernieder und schalt: »Was geht hier vor sich? Warum brennt ihr Tag und Nacht Feuer und räuchert den Himmel an?« Er schnitt Noto und Nene die Hälse durch und setzte ihnen die Köpfe verkehrt an den Rumpf. Dadurch verwandelte er sie in Hunde.
So endet nun die Geschichte von Noto und Nene, die im Jahre Zwei Haus geschah, die Geschichte von den Hundeherren, die auf der Erde das Feuer entfachten.

Nachdem die Götter Himmel und Erde geschaffen hatten, versammelten sie sich auf dem Adlerberg. Sie saßen beisammen und berieten, wer die Erde bevölkern solle. Tezcatlipoca und der Sternenreiche gerieten in Streit. Die Herrin des Wassers beschwichtigte sie und sagte voll Kummer: »Streitet euch nicht, ihr Götter! Seht die Erde zu euren Füßen. Die Pflanzen sind saftig, und die Blumen blühen, aber das Land ist traurig und leer. Wer soll dort wohnen, ihr Götter?«

Tezcatlipoca stand auf und ging fort. Die Götter schauten ihm schweigend nach. Lange saßen sie stumm beisammen, bis endlich der Sternenreiche zu sprechen begann. Er blickte auf Quetzalcoatl und sagte: »Dir, o Herr des Windes, schenken wir unser Vertrauen. Steige hinunter ins Totenreich und hole den Edelsteinknochen.«

Quetzalcoatl begab sich zum Herrn der Unterwelt und sprach zu ihm: »Ich bin gekommen, den Edelsteinknochen zu holen.«

»Wozu brauchst du den Edelsteinknochen?« fragte der Herr der Unterwelt.

Quetzalcoatl erwiderte: »Die Götter bekümmert die Frage, wer auf der Erde wohnen soll.«

»Schon gut, blase auf meiner Muscheltrompete«, sagte der Herr der Unterwelt. »Dann nimm den Edelsteinknochen und trage ihn viermal im Kreise herum.«

Als Quetzalcoatl in die Muscheltrompete blies, gab sie keinen Ton von sich. Darauf rief er die Würmer herbei. Sie krochen in die Muschel und höhlten sie aus. Wieder blies Quetzalcoatl hinein, und diesmal dröhnte die Muschel so laut, daß der Herr der Unterwelt den Edelsteinknochen bringen mußte. Er versteckte ihn in einem Tuch.

»Sagt ihm, o Götter, er solle ihn hierlassen«, flehte er.

Quetzalcoatl aber antwortete: »Nein, ich trage ihn fort.«

Er ergriff ihn, hüllte ihn in eine Decke und stieg aus der Unterwelt ans Licht.
»Wahrhaftig, Quetzalcoatl trägt den Edelsteinknochen fort«, rief der Herr der Unterwelt. »Stellt ihm eine Falle, o Götter!«
Tezcatlipoca hörte die Klage. Er nahm seinen Spiegel und brannte eine Grube ins Erdreich. Quetzalcoatl stürzte hinein. Er verlor die Besinnung, und als er wieder zu sich kam, sah er, daß der Edelsteinknochen zersplittert war.
Da weinte er und sagte zu seinem Schutzgeist: »O mein Nahualli, ich habe den Edelsteinknochen zerbrochen. Wie wird das ausgehen?«
»Mag es ausgehen, wie es will«, erwiderte der Schutzgeist. »Sammele die Splitter und bringe sie zur Alten Herrin nach Tamoanchan.«
Quetzalcoatl sammelte die Splitter und brachte sie zur Alten Herrin nach Tamoanchan. Die Alte Herrin zermahlte die Splitter zu Staub. Sie füllte den Staub in eine Edelsteinschale, die in eine weibliche und eine männliche Hälfte geteilt war.
Quetzalcoatl zapfte sich Blut ab und ließ es in die Schale tropfen.
Nachdem er so seine Buße getan hatte, rief er die Herrin des Wassers und den Sternenreichen herbei und sagte zu ihnen: »Laßt auch ihr euer Blut in die Edelsteinschale tropfen.«
Als die Götter getan, was Quetzalcoatl ihnen geboten hatte, stieg aus der einen Hälfte der Schale ein Mann und aus der anderen Hälfte ein Weib.
Quetzalcoatl sagte zu ihnen: »Wir haben euch aus Edelsteinstaub und aus dem Blut der Götter erschaffen. Weil wir uns Schmerzen zufügten, wurdet ihr Menschen geboren. Nun geht hin und bevölkert die Erde!«

In alten Zeiten, als die Nachfahren der Hundeherren durch die Wälder zogen, sagte der Feuergott zum Herrn des Windes: »Siehst du nicht, daß deine Geschöpfe auf Erden Hunger leiden?«
Der Herr des Windes antwortete ihm: »Wohl sehe ich, daß die Menschen nicht satt werden. Sie sammeln Beeren und pflücken sich Früchte von den Bäumen; auch fangen sie manchmal Kaninchen. Trotzdem bleiben sie klein und schwach.«
Der Sternenreiche und die Herrin des Wassers stimmten ihm zu. Und die Regengötter sagten: »Sie brauchen feste Nahrung. Du mußt dich umsehen und den Lebensmittelberg suchen.«
Da begab sich der Herr des Windes auf die Suche nach dem Lebensmittelberg. Er streifte durch die Wälder und fragte die Jaguare: »Wißt ihr, wo der Lebensmittelberg ist? Könnt ihr mir den Weg zeigen?«
Aber die Jaguare wußten es nicht. Und auch die Eulen und die Wickelbären wußten es nicht. Da stieg der Herr des Windes auf den Berg Weiße Frau und fragte die Wolkenschlangen: »Könnt ihr mir vielleicht sagen, wo ich den Lebensmittelberg finde?«
Aber die Wolkenschlangen waren böse auf ihn und antworteten nicht. Da wanderte der Herr des Windes weiter. Auf dem Weg zur Küste des großen Himmelswassers sah er eine rote Ameise, die eine Last Maiskörner auf ihrem Rücken trug.
Er fragte sie: »Woher hast du den Mais geholt?«
Die rote Ameise schwieg, und als er sie ein zweites Mal fragte, verkroch sie sich in einem Hügel. Darauf verwandelte sich der Herr des Windes in eine schwarze Ameise und verfolgte sie. Er fand sie endlich und fragte ein drittes Mal nach dem Weg zum Lebensmittelberg.

Die rote Ameise antwortete: »Wenn du zum Ort der großen Säle gehst, wirst du ihn finden.«
Der Herr des Windes aber war mißtrauisch und zwang sie, vor ihm her zu laufen. So fand er den Lebensmittelberg, grub sich einen Gang und schleppte eine Last Maiskörner hinaus. Nachdem er sich ein Weilchen ausgeruht hatte, nahm er eine Handvoll Körner und brachte sie den Göttern. Die Götter zerkauten sie und sagten: »Ja, das ist eine gute Nahrung. Davon werden die Menschen groß und kräftig werden. Wie wollen wir es nun mit dem Lebensmittelberg machen?«
Der Herr des Windes versuchte ihn auf dem Rücken wegzutragen, vermochte ihn aber nicht zu heben.
Er fragte die Herrin des Wassers um Rat. Sie dachte nach und sagte: »Der Sternenreiche soll ihn spalten.«
Der Sternenreiche rief die grünen, die weißen, die gelben und die roten Regengötter und wartete, bis sie sich rings um den Berg niedergelassen hatten. Dann spaltete er den Lebensmittelberg mit einem Blitz und sprach zu ihnen: »Nehmt den Mais, nehmt die Bohnen, die Melden, die Salbeien und die Argemonen, nehmt alle Lebensmittel, die ihr findet, und bringt sie den Menschen, damit sie groß werden.«
Die Regengötter machten sich sogleich an die Arbeit. Sie rafften die Lebensmittel zusammen, wie der Sternenreiche es ihnen gesagt hatte, und verstreuten sie über das Erdreich.
Die Menschen wuchsen nun groß und kräftig heran, lernten das Land bestellen und dankten den Göttern, weil sie ihnen feste Nahrung verschafft hatten.

In frühen Zeiten, ehe die Zählung nach Jahren und Tageszeichen begann, zogen die Kinder der Chichimeken-Tolteken an den Küsten und Strömen entlang nach Süden. Es gab keinen Namen, keinen Ruhm, keine Freude und keine Bequemlichkeit, und man erzählt sich, daß auf der Erde noch nächtliches Dunkel herrschte. Damals, in einem Jahr Eins Rohr, legten die Priester die Zeitalter fest.

Unterwegs mußten die Chichimeken-Tolteken viel Leid und Mühsal erdulden. Sie besaßen kein Land, kein Haus und keine gewebten Decken. Ihre Kleidung bestand aus Fellen und Baumflechten, und ihre kleinen Kinder wuchsen in Netztaschen und Tragegestellen auf.

Wenn die Jäger mit Pfeil und Bogen kein Wild erlegten, aßen sie saure Kaktusfeigen, Stachelmais oder Kugelkakteen. Nachdem das erste Zeitalter von viermal dreizehn Jahren vollendet war, langten die Chichimeken-Tolteken in Quautitlan an und wählten im Jahr Eins Rohr ihren Vorsteher Sieben Sonne, der sie durch alle Fährnisse gut geleitet hatte, zum Kriegshäuptling. Sie unterwarfen die ansässigen Stämme und gründeten die Ansiedlungen Colhuacan und Quetzaltepec.

Dort im Lande Quautitlan schrieben die Tagezähler die Geschichte der fünfmaligen Weltschöpfung auf, so, wie sie ihnen von den alten Vätern berichtet wurde.

Es heißt, daß unter dem Zeichen Vier Jaguar die erste Sonne erschaffen wurde. Ihr gewaltiges Flammenzeichen durchbrach die Finsternis, die überall herrschte. Die Jaguarsonne ging ihren Weg am Himmel. Es wurde Tag und Nacht und wiederum Tag und Nacht. Die Alten erzählen, daß in diesem Weltalter Riesen lebten, die immer aufrecht gingen; denn sobald einer stürzte, konnte er sich nicht mehr erheben. Ihre Begrüßung war deshalb: »Falle

nicht!« Eines Tages nun geschah es, daß die Jaguarsonne ihren Weg verfehlte. Eben war es Mittag, dann wurde es plötzlich Nacht. Der Himmel stürzte ein, und alle Leute, die in diesem Weltalter lebten, wurden von Jaguaren gefressen.
Es heißt, daß unter dem Zeichen Vier Wind die zweite Sonne erschaffen wurde. Ihr gewaltiges Flammenmeer durchbrach wiederum die überall herrschende Finsternis. Im Weltalter der Windsonne lebten Leute, die den Wind und die Nacht anbeteten. Eines Tages nun geschah es, daß ein mächtiger Sturm die Wohnungen fortriß und alles verwüstete. Die Bewohner verwandelten sich in Affenmenschen und gingen in die Wälder.
Es heißt, das unter dem Zeichen Vier Feuer die dritte Sonne erschaffen wurde. Im Weltalter der Feuersonne geschah es, daß es Feuer und glühende Steine regnete. Alle Geschöpfe, die damals lebten, verbrannten. In diesem Weltalter, so erzählen die Alten, wo die blasige Lava aufschäumte, entstanden die rötlichen Felsen.
In den alten Büchern steht, daß unter dem Zeichen Vier Wasser die vierte Sonne erschaffen wurde. Im Weltalter der Wassersonne geschah es, daß die Menschen, die damals lebten, von einer gewaltigen Wasserflut hinweggespült wurden. Die Berge und Wälder versanken, und die Menschen wurden zu Libellenlarven und Fischen.
Die Bücher der roten und schwarzen Farbe berichten schließlich, daß unter dem Zeichen Vier Bewegung die fünfte Sonne erschaffen wurde. In diesem Weltalter aber, so erzählen die alten Männer, werden die Menschen eines Tages durch Erdbeben und Hungersnöte zugrunde gehen.
Im Jahre Dreizehn Rohr wurde die jetzt bestehende Erdbebensonne erschaffen. Allmählich nahte die Helligkeit, die Morgenröte brach an, und es wurde Tag.

Der Wahrspruch Itzpapalotls

Im Jahre Dreizehn Rohr starb auch der Kriegshäuptling Sieben Sonne, der fünfundsechzig Jahre in Quautitlan geherrscht hatte. Ein Jahr danach bestieg ein Toltekenherrscher den Thron. Er wurde zu seinen Lebzeiten immer von dem Dämon Mixcoatl begleitet. Mixcoatl verwandelte sich nachts in einen Uhu, der überall umherflog und die Stämme der Chichimeken ruhelos machte. Sie wanderten über die Grenze in fremde Gebiete und unterwarfen viele Städte und Dörfer.

Nach dem Tod des Toltekenherrschers verschwand auch Mixcoatl, und die Chichimeken, die noch in Quautitlan ansässig waren, suchten nach einem neuen Herrscher. Da erschien ihnen die Herrin Itzpapalotl und sprach: »Setzt den Vactli als neuen Herrscher ein und geht zum Ort des wilden Stachelkaktus, wo die Seelen der gefallenen Krieger sind. Breitet die Dornenmatte und die wilde Agavenmatte aus; begründet das Dornpflanzenhaus und das Haus der wilden Agave.

Wenn ihr eure Herrschaft errichtet habt, dann blickt nach Osten; schießt den grünen Adler, den grünen Jaguar, das grüne Kaninchen, die grüne Schlange, den grünen Hirsch!

Wendet euch nun nach Norden, zum Totenreich. Schießt im Herzen der Steppe den weißen Adler, den weißen Jaguar, die weiße Schlange, das weiße Kaninchen, den weißen Hirsch!

Dann sollt ihr nach Westen schießen, ins Land der Weiber. Schießt den gelben Adler, den gelben Jaguar, die gelbe Schlange, das gelbe Kaninchen, den gelben Hirsch!

Wendet euch schließlich nach Süden, zum Land der Äkker und Blumen. Dort sollt ihr schießen den roten Adler, den roten Jaguar, die rote Schlange, das rote Kaninchen, den roten Hirsch!

Wenn ihr dies alles getan habt, so gebt die erbeuteten Tiere in die Obhut der Wächter des Feuergottes. Möge dann Vactli, der neue Herrscher, sein neuntägiges Fasten beginnen!«
Darauf verschwand die Herrin Itzpapalotl, die vor langer Zeit die vierhundert Wolkenschlangen besiegt hatte. Ihre Kinder, die Chichimeken-Tolteken, setzten Vactli als neuen Herrscher ein und stellten die Reiherfederfahne auf. Nach dem neuntägigen Fasten trafen sich die Krieger des Vactli auf dem Sammelplatz und zogen fort, um Städte und Dörfer jenseits der Grenzen zu unterwerfen.
Die alten Väter erzählen, daß nicht alle Krieger der Reiherfederfahne folgten. Ein Teil blieb in Quautitlan zurück und wählte Nequameyocan zum Herrscher. So geschah es, daß sich die Chichimeken-Tolteken trennten. Die einen festigten ihre Herrschaft in Quautitlan, und die anderen zogen unstet umher. Es heißt, daß sich die Chichimeken-Tolteken nach allen Richtungen ausbreiteten, Städte und Dörfer unter ihre Herrschaft zwangen und überall neue Wohnsitze nahmen.

Die Wohnorte der Toten

Wie es in den alten Schriften heißt, gibt es drei Wohnorte für die Seelen der Gestorbenen: das Totenreich Mictlan, das Reich des Regengottes Tlalocan und das Haus der Sonne Tonatihuacan.
Nach Mictlan kommen die alten Männer und Frauen, die Kinder und Könige, die auf Erden im Krankenbett gestorben sind. Dort werden sie vom Herrscher und von der Herrin des Totenreiches empfangen. Es heißt, daß der Weg nach Mictlan voller Mühsal ist; denn keine Straße führe in dieses Land Irgendwie, das für ewig die Heimat der Toten ist; und keiner werde eingelassen, bevor er nicht vorbereitet ist.
Darum wird der Leichnam, ehe er seine große Reise beginnt, von weisen und sachverständigen Leuten für den Eintritt ins Totenreich geschmückt. Sie bringen den Körper in Hockstellung, behängen ihn mit Papierstreifen und gießen ihm aus einem Krüglein ein wenig Wasser übers Haupt.
Und sie sprechen dazu: »Nimm hin das Wasser, das du auf Erden getrunken hast. Du wirst es auf deiner Reise gebrauchen.«
Nachdem dies geschehen ist, geben sie dem Toten seinen Federschmuck, seinen Schild, sein Schwert, seine Kriegskleidung sowie alle Ehrenzeichen und Kriegsbeute und sprechen zu ihm: »Gehe nun deinen Weg, unser geliebter Bruder, bis zu dem Ort, wo die Berge zusammenstoßen. Von dort wandere weiter zum roten Tal, das von der Schlange bewacht wird. Habe keine Furcht; denn bald erreichst du den grünen Eidechsenberg im Zeichen der Blume.
Nun geht dein Weg über die acht Hochebenen zu den acht Hügeln. Dort raste eine Weile und bereite dich vor, das Land des scharfen Obsidianwindes zu durchqueren, in dem du große Not leiden wirst.

Aber verzage nicht, geliebter Bruder, ziehe deine Mäntel an und schütze dein Gesicht vor den Steinen und Messern, die der Wind durch die Luft wirbelt.
Hast du das Land des Obsidianwindes durchquert, dann stehst du vor den Türen des Totenreiches und wirst eingelassen werden. Gehe nun deinen Weg, unser geliebter Bruder!«
So lauten die Worte der weisen und sachverständigen Leute. Und ebenso geschieht es, wenn sie eine Frau oder ein Kind für die Wanderung nach Mictlan vorbereiten. Die Tote bekommt ihr Körbchen, ihre Webeketten, Webehölzer und Webemesser, ihre Kämme und Bambushölzer, damit sie sich gegen den scharfen Obsidianwind verteidigen kann.
Die ganz armen Leute aber, die nichts weiter haben als nur ihre Schambinde, ihr Hüfttuch und einen Umhang, müssen auf der Wanderung nach Mictlan noch größere Qualen erdulden als die anderen.
Auch ein gelber Hund, der einen Baumwollfaden als Halsband trägt, wird dem Toten als Begleiter mitgegeben; denn man sagt, daß er die Seele des Gestorbenen über den neunarmigen Strom ins Totenreich bringen muß.
Nachdem nun die Vorbereitungen getroffen sind, wird der Tote mit dem Hund verbrannt. Und wenn er zum Herrscher des Totenreiches kommt, überreicht er ihm alles, womit man ihn ausgestattet hat.
Nach achtzig Tagen wird der fünfte Teil seiner Habe verbrannt; und ebenso geschieht es nach einem Jahr, nach zwei Jahren, nach drei und nach vier Jahren, bis nichts mehr vom Besitz des Toten übrig ist.
Erst wenn alles in die Hände des Herrschers von Mictlan gelangt ist, kommt der Tote in die neunfache Unterwelt. Dort fließt ein neunarmiger Strom mit Hunden als Fährleuten. Sobald sich der Tote dem Ufer nähert und von seinem Hund erkannt wird, stürzt sich der Hund ins Wasser,

um seinen Herrn über den neunarmigen Strom zu bringen. Es muß aber ein gelber Hund sein; nur er allein kann den Toten sicher hinübergeleiten.
Der weiße Hund würde sagen: »Ich habe mich soeben erst gewaschen. Darum kann ich jetzt nicht ins Wasser springen.«
Und der schwarze Hund würde sagen: »Ich habe mich soeben erst schwarz geschminkt. Darum kann ich jetzt nicht ins Wasser springen.«
Während der Tote die Fährnisse seiner Wanderung nach Mictlan bestehen muß, wird seine Asche zusammen mit einem Edelstein in einem Krug begraben. Ist es ein König oder ein Fürst, so gibt man ihm einen grünen Edelstein; ist es aber nur ein gemeiner Mann, so gibt man ihm einen blauen Stein oder einen schwarzen Obsidianstein. Und man sagt, der Stein sei das Herz des Toten.
Auch werden einem König, wenn er gestorben ist, zwanzig Sklaven und zwanzig Sklavinnen mitgegeben, damit sie ihrem Herrn im Totenreich die Speisen und Getränke zubereiten oder als Boten dienen können. Sie werden mit einem Vogelpfeil, den man ihnen in den Hals stößt, getötet und an einem abgeschiedenen Ort verbrannt.

Tlalocan

Der zweite Wohnort der Toten ist das Land des Regengottes Tlaloc. Dorthin kommen die Seelen der Toten, die von einem Blitz erschlagen wurden, die im Wasser ertrunken und die durch ansteckende Krankheiten gestorben sind.
Im Reich des Regengottes geht es den Toten gut. Sie sind dort glücklich, denn es ist alles im Überfluß vorhanden. Niemals fehlen die grünen Maiskolben, die grünen Pfefferschoten, das Kürbisblütengemüse, das Baumhaar, die

roten Tomaten, die grünen Bohnen und die gelben Tagetesblüten.
In Tlalocan wohnen die Regengötter, die den langhaarigen Räucherpriestern gleichen. Sie schwenken ihre Weihrauchgefäße und erfrischen das ewig blühende Land, sooft es nötig ist, mit Regen. Ihre Gesichter sind schwarz wie das ihres Herrn Tlaloc. Es gibt keine Dürre und keine Hungersnot; zu jeder Jahreszeit reifen die Früchte.
Ein Toter, dessen Wohnort Tlalocan sein wird, muß von eingeweihten Leuten auf seine Wanderung vorbereitet werden. Sein Leib wird nicht verbrannt, sondern an einem bestimmten Ort begraben. Zuvor aber wird sein Gesicht mit den Zeichen der Berge versehen. Man legt ihm die Kautschukmaske auf Kinn und Wangen, drückt gemahlenen Fischkrautsamen darauf und bemalt seine Stirn mit den blauen Zeichen der Berge.
Wenn dies geschehen ist, kleidet man den Toten in Papier und gibt ihm einen Binsenstab in die Hand. Nun ist er für die Wanderung zum Reich des Regengottes vorbereitet und kann an dem bestimmten Ort begraben werden.

Tonatihuacan

Der dritte Wohnort der Toten ist Tonatihuacan, das Haus der Sonne. Dorthin kommen die tapferen Krieger, die in der Schlacht gefallen sind. Aber auch die Gefangenen, die den Göttern geopfert werden, sind würdig, ins Haus der Sonne einzutreten, ebenso wie die im Kindbett gestorbenen Mütter.
Während die Körper dieser Toten verbrannt werden, steigen ihre Seelen zum Haus der Sonne auf; und man sagt, daß sie bei Sonnenaufgang in das Himmelstal gelangen und das brennendrote Gefieder der Morgenröte mit Kriegsgeschrei und Schellengerassel begrüßen. Sie

schwenken ihre Schilde der Sonne entgegen, und jeder Krieger, dessen Schild an zwei oder drei Stellen von Pfeilen durchschossen ist, kann das Antlitz der Sonne sehen. Die anderen Krieger aber, deren Schilde nicht von Pfeilen durchbohrt sind, vermögen die Sonne nicht zu erblicken. Wer nun ins Haus der Sonne eingegangen ist, wird von den Himmelsfrauen an der Hand genommen und wohnt im Strahlenglanz seines Vaters und seiner Mutter, der Sonne, in einem Land voller Blumengärten, Akazienhaine und Schmuckvögel. Sein Dasein ist lauter Lust, Glück und Freude.

Jeden Tag geleitet er mit Tänzen und Kampfspielen die Sonne auf ihrem Weg über den Mittag zum Ort des Sonnenuntergangs und übergibt sie den Todesgöttern von Mictlan. Dann bricht im Totenreich der Morgen an, und die Toten erheben sich, während es in den anderen Gefilden Nacht wird.

Jeden Tag aber erscheint aufs neue das brennendrote Gefieder der Morgenröte, und die Sonne wird von den tapferen Kriegern und Frauen jubelnd empfangen.

Nachdem die Toten vier Jahre im Haus der Sonne verbracht haben, verwandeln sie sich in einen Kolibri oder einen Blumenvogel mit schwarzem Augengefieder oder in einen kreideweißen Schmetterling, groß wie eine Trinkschale, und kommen zur Erde herab, um aus den Blüten der kostbarsten Blumen Honig zu saugen.

Die toten Mütter

Wenn die Abenddämmerung von den Rücken der Berge in die Täler kommt, steigen die Seelen der im Kindbett gestorbenen Frauen zum Haus der Sonne auf und lustwandeln in den Gärten der Edelsteinblumen. In den alten Büchern steht, sie seien nun Krieger in Frauengestalt.

Man verehrt sie als Göttinnen, denn sie haben Leid und Mühsal erduldet und mannhaft Schmerzen auf sich genommen. Deshalb sind sie mit einem guten, trefflichen, hochgeschätzten Tod begnadet worden, ebenbürtig dem Tod des Kriegers in der Schlacht.

Wenn die Abenddämmerung von den Rücken der Berge in die Täler kommt, versammeln sich die alten, weisen Frauen vor der Wohnung der Toten. Es rasseln die Schellen, dumpf dröhnt der tiefe, pochende Herzschlag der Pauke, die Muscheltrompeten heulen, und Kriegsgesang ertönt.

Die Tote liegt eingehüllt in ihr nachtdunkles Haar auf dem Lager, das nach wohlriechender Seife duftet. Sie trägt ein langes, blaues Hemd mit einem weißen Hüfttuch. Nun erscheint ihr Ehemann, um sie auf seinem Rücken zum Begräbnisplatz zu tragen.

Voran gehen die alten, weisen Frauen. Sie tragen den Schild mit dem Zeichen der Himmelsfürstinnen. Es folgen die Krieger und Häuptlinge, geschmückt mit ihren in der Schlacht erworbenen Ehrenzeichen.

Plötzlich aber stellt sich dem Begräbniszug eine Schar junger Krieger, deren Beruf noch der Krieg ist, entgegen. Und sie versucht mit Gewalt, die Tote zu entführen; denn es heißt, das Haar einer im Kindbett Gestorbenen oder ihr Mittelfinger verleihe dem Feigen Mut und dem Tapferen noch größere Tapferkeit in der Schlacht. Darum versuchen die jungen Krieger, die Tote zu entführen, aber es gelingt ihnen nicht; denn die anderen Krieger und Häuptlinge, die den Begräbniszug begleiten, sind unüberwindlich.

Manchmal geschieht es auch, daß sich Diebe und Eulenmenschen zum Begräbnisplatz einer im Kindbett gestorbenen Mutter schleichen. Sie kommen aber erst in der

fünften Nacht, wenn die Wachen gegangen sind, wälzen die schweren Steine vom Grab, dringen in die dunkle Höhle ein und schneiden der Toten den linken Unterarm ab, der, wie man sagt, eine zauberkräftige Wirkung ausstrahle. Sobald die Spitzbuben dann in einem fremden Haus auf Diebstahl ausgehen, werden die Bewohner durch den Zauber gelähmt oder fallen in Ohnmacht, aus der sie erst wieder erwachen, wenn die Diebe verschwunden sind.

Spät in der Nacht, nachdem die Krieger und die alten weisen Frauen das Grab verlassen haben, wenn die Sonne schon bald ihre Bahn betritt, wenn die Finsternis weicht und der Morgen aufdämmert, machen sich die toten Mütter bereit, ihre Gefährten, die in der Schlacht gefallenen Krieger, aufzusuchen. Sie legen ihre Kriegsrüstung an, schmücken sich mit wallenden Federbüschen, ergreifen Schild und Speer und schreiten der Sonne bis zum Zenit entgegen. Aus den Händen der Häuptlinge übernehmen sie nun die Sonne in ihre Obhut, vergnügen sich in den Edelsteingärten, essen Honig und begleiten die Sonne, die im Quetzalfederschmuck leuchtet, zum Land des Sonnenuntergangs, das weit im Westen schlummert und Land der Frauen genannt wird.

Dort übergeben sie die Sonne den Todesgöttern von Mictlan, verabschieden sich und kehren im Dunkel der Nacht zur Erde zurück. Sie erscheinen als Dämonen der Finsternis, suchen nach ihren Webemessern, Spindeln und Arbeitskörbchen, rufen ihren Ehemann an und verlangen von ihm Hemden, Hüfttücher, Festkleider aus Kolibrifedern, Mäntel und Schmuck.

Der Ehemann aber hält schon die weibliche Habe bereit und spricht zu der Toten, die ihn anruft:

»O du dunkle Schmuckfeder,
mein weiblicher Adler,

mein Krieger in Frauengestalt,
meine tapfere Herrin!

Du hast gearbeitet und dich gemüht,
hast Leid und Schmerzen erduldet.

Nun hast du den Schild genommen
und bist die Gefährtin
unserer Mutter Ciuacoatl geworden.

O du dunkle Schmuckfeder,
mein weiblicher Adler!
Schon dämmert die Morgenröte,
schon singt das feuerrote Waldhuhn,
schon fliegt die feuerrote Schwalbe,
schon steigt der feuerfarbene Löffelreiher empor.

Nun hast du den Schild erhoben
und bist die Gefährtin
unseres Vaters, der Sonne, geworden.

Erhebe dich nun, richte dich auf
und wandre zum Haus deiner Mutter,
zum Haus deines Vaters, der Sonne,
wo nur Lust und Seligkeit sind,
wo Freude und Glück dich erwarten.
Erhebe dich nun, richte dich auf!

O du dunkle Schmuckfeder,
mein weiblicher Adler,
du hast viel Mühsal erduldet
und hast mannhaft Leiden ertragen,
aber jetzt lebst du im Haus der Sonne
als Gefährtin der himmlischen Frauen.

O Herrin, was aber geschieht mit uns?
Werden wir nicht zugrunde gehen
an fremden Zäunen, in fremden Gassen?
Denke an uns, geliebte Fürstin,
wenn der schneidende, kalte Wind
und die Sonnenhitze uns plagt.

O du dunkle Schmuckfeder,
mein weiblicher Adler,
du wohnst an einem glücklichen Ort.
Bete für uns, erinnere dich!
Lebe wohl, meine Kriegerin,
wir bleiben zurück. Lebe wohl!

Am folgenden Tag, wenn die Sonne schon bald auf ihre Bahn geht, wenn die Finsternis weicht und der Morgen aufdämmert, legen die toten Mütter wieder ihre Kriegsrüstung an, schmücken sich mit wallenden Federbüschen, ergreifen Schild und Speer und begleiten die Sonne, die im Quetzalfederschmuck leuchtet, zum Land des Sonnenuntergangs, das weit im Westen schlummert und Land der Frauen genannt wird.

Gesang der Treue

Ich bin Coyahua, ein Häuptling des Herrn von Tezcoco. Höre nun, bevor ich sterbe, die Geschichte vom Fastenden Coyoten.

Es geschah zu der Zeit, als der König der Tepaneken meinen Herrn in einer Lehmhütte ermorden ließ. Als ich davon erfuhr, eilte ich zu Hilfe, aber ich kam zu spät. Nun wollte ich wenigstens die Söhne meines Herrn, die ins Gebirge geflohen waren, retten. Nach langem Suchen fand ich sie in der Schlucht am Schmetterlingsberg.

Es war Mitternacht, und die drei Häuptlinge, die den Prinzen zur Flucht verholfen hatten, dachten, ich sei einer der Mörder. Sie hoben die Schwerter und drangen auf mich ein, bis sie erkannten, daß ich Coyahua war, der ihnen Beistand leisten wollte. Gemeinsam wanderten wir weiter, gingen auf einem sumpfigen Pfad am Seeufer entlang und erblickten in der Morgendämmerung mehrere Kanus mit Kriegern des Königs von Mexico.

Ich verbarg die Prinzen im Gebüsch und rief übers Wasser: »O meine jüngeren Brüder, seid ihr uns zu Hilfe gekommen, oder führt ihr Böses im Schilde?«

Sie verstanden mich nicht; darum wartete ich, bis sie näher heran waren, und rief sie ein zweites Mal an.

»Bist du Coyahua?« fragte einer.

»Ja, ich bin Coyahua.«

»O mein älterer Bruder, sind etwa die kleinen Prinzen gestorben?«

Ich antwortete: »Mein Herr, Schwarze Blume, der König von Tezcoco, ist in einer Lehmhütte ermordet worden. Hier im Gebüsch sind die kleinen Prinzen. Ich will sie in Sicherheit bringen.«

»Schon gut«, sagte der Krieger. »Wir sind ausgesandt, sie zu suchen. Sie mögen hervorkommen, damit wir sie unserem Herrn, dem König von Mexico, zeigen können.«

Ich holte die Prinzen aus ihrem Versteck, und wir fuhren zum Hof des Königs nach Tenochtitlan hinüber. Dort fanden wir freundliche Aufnahme, und ich blieb bei dem jüngeren Prinzen Fastender Coyote, den ich wie meinen eigenen Sohn zu lieben begann.

Eines Tages, als der Knabe am Ufer spielte, fiel er ins Wasser und versank; aber die Dämonen holten ihn heraus und geleiteten ihn zum Schneeberg von Orizaba. Dort zündeten sie ein mächtiges Feuer an, verrichteten Kulthandlungen und gaben dem Knaben als Zeichen des Krieges Speer, Schild und Pfeile.
Und sie geboten ihm: »Du sollst das Reich deines Vaters zurückgewinnen, du sollst König von Tezcoco sein. Die Stadt deines Feindes, des Herrn der Tepaneken, falle durch deine Hand!«
Nachdem das Feuer niedergebrannt war und der Gipfel des Schneebergs nicht mehr leuchtete, geleiteten die Dämonen den Prinzen zurück, und ich sah, wie er mit Schild, Speer und Pfeilen aus dem Wasser stieg.
Der König von Mexico verwunderte sich sehr, als er davon erfuhr, und einer seiner Vertrauten, Häuptling Jaguarkralle, erzählte mir, daß sein Herr einen großen Schrekken bekommen habe.

Der Knabe erstarkte und wuchs zu einem kräftigen Jüngling heran. Die Priester lehrten ihn die Bilderschrift, und ich unterrichtete ihn ihm Gebrauch der Waffen. Er zog als mein Schildträger in den Krieg nach Zacatlan und erwarb, da er Gefangene einbrachte, den zweiten Kriegerrang.
Um die Feindschaft des mächtigen Königs der Tepaneken zu besiegen, ging ich zu ihm und übergab ihm die Gefangenen des Fastenden Coyoten.
»O geehrter Herr«, sprach ich zu ihm, »ich komme an

deine Pforte und bringe Gefangene, die mein Schützling Fastender Coyote eingebracht hat. Dir diese Ehre zu erweisen, habe ich mich von Mexico nach deiner Stadt Azcapotzalco auf den Weg gemacht.«
Der König der Tepaneken erwiderte: »Aber Coyahua, so ist es wahr, daß der Prinz am Leben geblieben ist?«
»Es ist wahr, hoher Herr, der verwaiste Jüngling fristet in Mexico sein Dasein.«
»So hat er mir Ehre erwiesen«, sagte der König. »Nun gut, du kannst wieder gehen.«
Er reichte mir kein Geschenk, und ich ging mit Groll im Herzen nach Mexico zurück.

Dann kam der Krieg gegen Chalco, in dem Fastender Coyote eine Häuptlingstochter gefangennahm. Ich redete ihm zu, sie dem Herrscher der Tepaneken zu bringen, um vielleicht durch dieses Geschenk seine Feindschaft zu besiegen. So gingen wir beide nach Azcapotzalco und schenkten ihm die Gefangene.
Der König sagte darauf: »O Coyahua, was sehe ich? So ist es also wahr, daß Fastender Coyote am Leben ist. Wer hat nur diesem kleinen Chichimeca Schild und Pfeile gegeben? Nun gut, mögen Kaninchen und Schreckmäuse der Lohn für den tapferen Kleinen sein.«
So höhnte der König, und ich hatte Mühe, den Prinzen zurückzuhalten, daß er im Zorn keine unüberlegte Handlung begehe.
Wir wanderten wieder nach Tenochtitlan, und es dauerte nicht lange, da entbot der König von Mexico den Prinzen zu sich.
Er sprach: »O Fastender Coyote, die Sonne und die Herrin der Erde haben Mitleid mit dir gehabt. Gehe nun nach deiner Stadt Tezcoco, aber bedenke, daß nicht du der Herrscher sein sollst.«

Ich begleitete den Prinzen, und wir ließen uns auf einem kleinen Landsitz in der Nähe der Stadt nieder. Eines Tages erinnerte sich der König der Tepaneken an uns und sandte einen Boten, der mich nach Azcapotzalco rief.
Ich erschien vor dem Angesicht des Herrschers, und er sprach zu mir: »Komm näher, o Coyahua, und höre, weshalb ich dich rufen ließ. Einen Traum hatte ich, der mich in Schrecken versetzte. Der Berg brannte; ein Adler stieß auf mich nieder und schlug seine Krallen in meine Brust; ein Jaguar sprang mich an, und ein Wickelbär schlug mich mit seinen Tatzen nieder. Dann beugte sich der Gelbe Herr über mich und riß mir das Herz heraus.
Furchtbar war mein Traum, o Coyahua, und ich sage dir: Möge mich niemals Fastender Coyote besiegen, möge er niemals seinen Vater suchen, der in der Lehmhütte starb, möge er es niemals wagen, Mord und Krieg über die Tepaneken zu bringen.
Höre nun, weshalb ich dich rufen ließ. Meine Söhne, die Fürsten und Gebieter, sind überall angesehen. Du sollst unter ihrem Schutz leben. Warum folgst du Fastendem Coyoten? Ich weiß, daß du ihn aufzogst, aber was kann er dir bieten?
Gewiß, man sagt, er habe noch Land, er habe noch Äcker. Nun gut, gehe hin, vermesse es mit Seilen und sprich: ›Dieses Land gehört mir!‹ Ich werde dann sagen: ›Dieses Land gehört Coyahua, und niemand wage es, ihn anzutasten.‹
Doch nun höre weiter. Nimm diesen Pfeil und stich ihn dem Prinzen in den Hals, oder stoße den Prinzen ins Wasser, wenn der Morgen dämmert, oder erwürge ihn im Schlaf.
Jetzt hast du gehört, was ich von dir erwarte. Begib dich nach Tezcoco, und laß von dir hören.«

Ich ging durch die Pforte und machte mich eilig auf den Weg nach Tezcoco. Es war sehr heiß, und der Staub biß auf meiner Zunge.
Schon am zweiten Tag kam ich zurück und sprach: »O mein Fürst, o Fastender Coyote, ich soll dich töten. Hier ist der Pfeil, den mir der König der Tepaneken gab. ›Stich ihn dem Prinzen in den Hals‹, befahl er, ›erwürge ihn, oder stoße ihn ins Wasser.‹
Aber fürchte dich nicht, mein lieber, tapferer Sohn. Niemals werde ich die Rache des Tepanekenherrschers vollziehen. Du bist nun eingeweiht, o mein Fürst, geh auf die Jagd und vergnüge dich. Ich werde über dich wachen.«

Es dauerte nur kurze Zeit, da erschien ein Bote aus Azcapotzalco und sagte, sein König wolle mich sehen.
Als ich aber dem Befehl nicht folgte, kam abermals ein Bote und sagte: »Wie geht es, o Coyahua? Mein König ist ungeduldig; er will hören, wie es mit deinem Auftrag steht. Hast du ihn vielleicht schon erledigt?«
Ich erwiderte: »Sage deinem König, daß es mir noch nicht gelungen sei. Fastender Coyote ist niemals allein, ständig begleiten ihn seine älteren Brüder.«
Der Bote sprach: »O Coyahua, so setze ihnen doch Wein vor und lade sie zu einer Bootsfahrt ein. Kann dein Herr nicht durch einen unglücklichen Zufall ins Wasser fallen? Oder spiele mit ihm auf dem flachen Dach und wirf ihn in den Hof hinunter. Bedenke, unser mächtiger Herrscher ist ungeduldig!«
Ich sagte: »Schon gut, mein geehrter Bruder, ich werde es vollbringen. Vielleicht schaffe ich es, ihn zu töten.«
Als der Bote verschwunden war, ging ich zu Fastendem Coyoten und weihte ihn ein.
Bald darauf rief mich ein dritter Bote an den Hof nach Azcapotzalco. Ich machte mich sogleich auf den Weg, und der König, der mich schon erwartete, sagte zu mir:

»Du weißt, Coyahua, warum ich dich gerufen habe. Weshalb hast du ihn noch nicht getötet? Habe ich dir nicht gesagt, daß du unter dem Schutz meiner Söhne und Fürsten stehst? Gehe hin und vermesse sein Land. Es soll dir gehören. Mache mich nicht ungeduldig und führe endlich aus, was ich dir gebiete!«
Ich blickte zu Boden und sagte: »O mein edler Herrscher, ich habe mein Möglichstes getan, aber Fastender Coyote, den ich töten soll, ist niemals allein.«
Der König dachte nach und sagte: »Schon gut, Coyahua, so geschehe es auf andere Weise. Gehe zu ihm und sage, daß ich ihn sehen will. Möge er mit den Tributbringern der Chichimeken an meinen Hof kommen. Er wird dann niemals nach Tezcoco zurückkehren; denn seine Oheime, die Tepaneken, werden ihn umbringen.«

Ich verabschiedete mich und erkundigte mich unterwegs nach einem Haus mit einem geheimen Ausgang. Dann verständigte ich Fastenden Coyoten und geleitete ihn dorthin. Das Haus lag an der Landstraße, die vom Gebirge in die Ebene hinabstieg. In der Nähe war ein Wald, und die Entfernung von dem geheimen Ausgang bis zu den ersten Bäumen war schnell zu erreichen.
Gegen Abend klopften Männer ans Tor und verlangten Einlaß. Sie sagten, sie seien die Tributbringer, aber sie waren Tepaneken. Ich ließ sie nicht ein.
Am anderen Morgen weckte ich den Jüngling, der ruhig geschlafen hatte, und sagte zu ihm: »O mein Fürst, nun muß es sich entscheiden. Wer weiß, ob ich den Zorn des Herrschers besänftigen werde? Bleibe hier und fürchte dich nicht; noch bin ich da und kann dich zur rechten Stunde entschlüpfen lassen.«

Ich begab mich zum König und sagte: »O mein edler Herrscher! Der Prinz ist gekommen, um dir zu huldigen.

Trachte ihm nicht länger nach dem Leben. Ich will kein Land und keine Äcker, nichts wünsche ich mir, als meinem jungen Herrn ein treuer Begleiter zu sein.«

Da befahl der Herrscher, mich zu fesseln. Ich sprang in den Hof hinaus, tötete einen Wachtposten und entkam durch den Park ins Freie; aber es gelang mir nicht, die Verfolger irrezuführen. Vor dem Tor des Hauses, in dem mein Herr auf mich wartete, durchbohrte ein Speer meine Schulter.

Fastender Coyote sprang heraus und schlug die Verfolger zurück. Von allen Seiten kamen nun Krieger herbei, und ich beschwor meinen Herrn, durch den Gang zu entfliehen.

Er zog mich in den Hof, verriegelte das Tor und schleppte mich in den geheimen Gang. Wir hörten die Tepaneken ins Haus eindringen, und ich drängte meinen Herrn, nun endlich zu entfliehen.

Er lud mich auf seine Schultern und lief mit mir quer über die Wiese. Bevor wir den Wald erreichten, wurden wir von einer Schar Krieger gestellt.

Ich glitt von den Schultern meines Herrn ins Gras und sah noch, wie er das Schwert erhob und wütend auf die Tepaneken einschlug. Dann wurde es dunkel.

Als ich erwachte, lag ich im Gefängnis von Azcapotzalco, und die Götter haben es gefügt, daß du, Ruhender Schild, mein Leidensbruder bist. Ich habe dir meine Geschichte erzählt. Eines Tages wirst du frei sein; denn einem Sänger helfen die Götter. Es wird dämmerig, und ich spürte, daß ich jetzt sterbe.

Eine Woche nach dem Tod des getreuen Coyahua erlangte Ruhender Schild die Freiheit. Er wanderte weit umher und erzählte auf den Marktplätzen die Schandtaten des Tepanekenkönigs, der nun schon hundert Jahre in Azcapotzalco herrschte. Seine Krieger hatten viele Städte

erobert, Feuer an die Tempel gelegt, das Pflaster aufgerissen und die einst blühenden Märkte mit Agaven und Feigenkakteen bepflanzt.
Überall verbreitete sie die Geschichte vom getreuen Coyahua, und im ganzen Land wuchs der Zorn gegen den Tepanekenkönig. Im Jahre Drei Kaninchen erhoben sich die Chichimeken und belagerten die Stadt ihres Feindes, der ihnen soviel Leid zugefügt hatte.
Auch Fastender Coyote war mit einer Schar Krieger aus dem Gebirge gekommen, um den Mord an seinem Vater und den Tod seines Freundes Coyahua zu rächen.
Als der Tepanekenkönig davon erfuhr, erinnerte er sich an den Traum, der ihn einst so in Schrecken versetzt hatte. Er hielt Zwiesprache mit den Göttern und hörte aus dem Mund des Oberpriesters, daß der Gelbe Herr kommen werde, ihm das Herz aus der Brust zu reißen.
Niedergeschlagen verließ der König den Tempel und legte seinen Kriegsschmuck an. Er hatte viele getötet, nun beschloß er, sich selbst zu töten. Er befahl seinen ältesten Sohn zu sich, der sein Nachfolger werden sollte, und ließ sich den Giftbecher reichen.
Im Jahre Drei Kaninchen endete der Tepanekenkönig. Fastender Coyote drang mit seinen Kriegern als erster in die Stadt ein und ließ die Leiche des Königs den Geiern vorwerfen.

Weißer Adler und Smaragdblume

Es geschah zu jener Zeit, als zum ersten Male weiße Götter gesehen wurden. Sie näherten sich aus dem Land der Morgenröte. Lautlos wie ein Verhängnis glitten ihre schwimmenden Türme an der Küste des großen Himmelswassers vorüber, und es hieß, daß die Herrschaft des Zornigen Herrn nun bald zu Ende gehe.
Ehe die Kunde von ihrem Kommen nach Tenochtitlan ge-

langte, zeigte sich das erste unheilvolle Vorzeichen am Himmel. Eines Abends flammte im Osten eine Feuergarbe auf, streute Funken über den Horizont und schoß einen Flammenspeer in das Herz des Himmels. Um Mitternacht erreichte sie ihre volle Höhe, und als der Morgen anbrach, verdrängte sie den Glanz der Sonne. Die Feuergarbe erschien im Monat des Kleinen Wachens im Jahre Zwölf Haus und leuchtete dreihundert Tage lang.

Das zweite unheilvolle Vorzeichen ereignete sich auf dem Schlangenberg. Plötzlich entzündete sich der Tempel Huitzilopochtlis. Die Flammen kamen aus dem Innern der Säulen und verzehrten sehr schnell die gesamten Hauspfeiler. Als die Azteken mit ihren Krügen herbeieilten und Wasser in die Glut gossen, flammte das Feuer nur um so höher auf und verbrannte den ganzen Tempel.

Das dritte unheilvolle Vorzeichen war die Vernichtung des Feuergott-Tempels. Ein Blitz, begleitet von einem schrecklichen Donnerschlag, schoß unvermutet aus dem sommerlichen Himmel und setzte das Strohdach des Feuergott-Tempels in Brand.

Das vierte unheilvolle Vorzeichen erschien in Gestalt eines dreischwänzigen Feuervogels, der sich in der Gegend des Sonnenuntergangs erhob und nach der Gegend des Sonnenaufgangs flog. Sein feuriger Schweif zog sich in dreifach gefiederten Streifen über den ganzen Himmel hin.

Das fünfte böse Vorzeichen geschah, als plötzlich an einem windstillen Tag der See von Tezcoco aufschäumte und seine Wogen mit berstendem Geräusch gegen das Ufer warf. Die tosenden Wellen überspülten viele Häuser Tenochtitlans und drangen tief in die Insel ein.

In dieser Zeit, da das ganze Land in Unruhe versetzt war, nahm eine Gruppe von hundert Azteken Weißen Adler, Sohn des Kundschafters von Tlaxcala, gefangen. Weißer Adler war ein Jüngling von edlem Aussehen, schlank wie

ein Bambusrohr; und der Häuptling der Hundert beschloß, ihn zum Schwarzen Palast nach Tenochtitlan zu bringen.
Im Land der Blumengärten begegnete ihnen Smaragdblume, eine Tochter des Herrn von Xochimilco, die mit ihrem Gefolge am See spazierenging.
»Lauf zu den Kriegern und frage nach seinem Namen!« sagte sie zu ihrer Dienerin.
»Wessen Namen, o Herrin?«
»Den Namen des Gefangenen.«
Die Dienerin beeilte sich, den Wunsch ihrer Herrin zu erfüllen, und kehrte bald zurück.
»Weißer Adler ist es, o Herrin, Sohn des Kundschafters von Tlaxcala.«
»Und was geschieht mit ihm?«
»Sie bringen ihn zum König.«
Smaragdblume erschrak. Sie schickte ihre Dienerinnen weg und stieg auf den Eidechsenhügel. Vom Dach des Nebelhauses blickte sie den Kriegern nach, bis sie nicht mehr zu erkennen waren. Als sie zum Palast ihres Vaters ging, traf sie die Dienerin, die mit dem Häuptling der Azteken gesprochen hatte.
»Warum bist du so traurig, o Herrin?«
»Was wird mit ihm geschehen?« fragte Smaragdblume.
»Niemand weiß es, o Herrin.«
Der Abend kam, und Smaragdblume lag ruhelos auf ihrer Matte. Das Bild des gefesselten Jünglings war in ihrem Herzen, und sie konnte keinen Schlaf finden. Leise erhob sie sich, band das Hüfttuch mit dem Herzblumenmuster um und huschte ins Freie. Im dämmerigen Schatten der alten Bäume lief sie zum Seeufer hinunter und band ein Kanu los. Mit sachten Schlägen trieb sie es durch das Gewirr der Kanäle. Das Wasser war schwarz und seufzte, wenn das Ruder eintauchte.
Währenddessen hatten die hundert Krieger Tenochtitlan

erreicht und Weißen Adler in den Käfig der Opfergefangenen gesperrt. Der Mond stieg hinter dem mächtigen Wollbaum auf, und ein schwacher Wind wehte den scharfen Geruch aus den Raubtierhäusern über die Wiese.
Weißer Adler, erschöpft von der anstrengenden Wanderung, sank in tiefen Schlaf. Im Traum erschien ihm das Bild der Jungfrau, die er im Land der Blumengärten erspäht hatte. Da spürte er, wie die weiße Mondgöttin seine Stirn berührte.
Und er fragte sie: »Wer ist diese Jungfrau? Warum ist sie so traurig?«
Er bekam keine Antwort. Plötzlich erschien eine Wolke, löschte alle Helligkeit aus, und der Gefangene hörte, aus dem Schlaf erwachend, das dumpfe Dröhnen und Pochen einer Pauke und die Trommelwirbel der Klangbüchsen. Er erhob sich und sah durch das Holzgitter einen Zug tanzender Jünglinge. In ihren Händen trugen sie lange Stangen, an denen Vögel festgebunden waren. Allen voran schritt das Ebenbild des Regengottes Tlaloc, ein schlanker Jüngling mit schwarzgeschminktem Gesicht, der um Mitternacht geopfert werden sollte.
Der Gefangene sah den Tänzern nach. Lange noch vernahm er die Paukenschläge; dann wurde es mit einem Mal still, und er hörte einen Schrei und anschwellendes Stimmengemurmel. Dann wurde es wieder still. Der Monat des Bohnenspeiseessens war vorüber, und es begann das Kleine Herrenfest zu Ehren der Göttin der Salzsieder.
Weißer Adler seufzte. Der Schrei brannte in seinem Herzen. Traurig setzte er sich auf den harten Boden des Käfigs und starrte ins Freie. Plötzlich hörte er leise Schritte über die Wiese kommen und sah eine Gestalt. Es war die Jungfrau aus dem Land der Blumengärten. Sie trug das Hüfttuch mit dem Herzblumenmuster und eine mattenartig geflochtene Perlenkette.
Er glaubte zu träumen und wagte nicht, die Jungfrau an-

zureden; aber als er aufstand und das Gitter an seinem Leib spürte, wußte er, daß ihn kein Zauber narrte. Sie blieb einige Schritte vor dem Käfig stehen, und er sah, daß sie weinte.
»Wer bist du?« fragte er.
Sie antwortete nicht.
»Wer bist du?« fragte er noch einmal.
»Smaragdblume«, sagte sie.
»Tritt doch näher!«
Sie blieb reglos stehen. Der Mond leuchtete in den Edelsteinen ihrer Perlenkette, und aus der Tiefe der Nacht dröhnte das Pochen einer Holzpauke. Irgend etwas wehte vorbei. Die Jungfrau erschauerte.
»Smaragdblume!« rief der Gefangene.
Sie schluchzte und verbarg ihr Gesicht. Die Tränen flossen durch ihre Finger ins Gras; und wohin sie fielen, blühten blaue Herzschlüsselblumen auf.
»O mein Titlacauan!« sagte sie.
Irgend etwas wehte vorbei, und Smaragdblumes Gestalt verschwand. Und ein Mann, der auf der Flöte blies, schritt über die Wiese.
»Was willst du von mir?« fragte der Gefangene.
Der Mann nahm die Flöte von den Lippen.
»Ich will dich erfreuen«, sagte er.
»Wo ist Smaragdblume geblieben?« fragte der Gefangene.
»Du wirst sie noch sehen, o Titlacauan!« erwiderte der Mann.
Gleich darauf nahm er seinen Beutel vom Rücken, öffnete ihn und rief etwas hinein. Und alsbald kamen schön geputzte Männlein und Weiblein heraus, nicht größer als kleine Kinder, und begannen nach dem Flötenspiel des Zauberers zu tanzen.
Als am nächsten Morgen der Häuptling erschien, schlief der Gefangene mit angezogenen Knien auf dem harten Boden. Der Häuptling weckte ihn und führte ihn zum

Zornigen Herrn in den Schwarzen Palast. Der König betrachtete den Jüngling und fand Gefallen an seinem schönen Wuchs.
»Hat er Narben am Hals?« fragte er.
»Nein, o Herr!«
»Ist er auch nicht zu groß?«
»Weder zu groß noch zu klein, o Herr!«
»Wie sind seine Zähne?«
»Weiß und glänzend wie Meerschneckengehäuse.«
»Und seine Arme?«
»Weder zu lang noch zu kurz, o Herr!«
»Was ist mit seinen Ohren, seinem Bauch, seinem Nabel?«
»Die Ohren stehen nicht ab, o Herr. Der Bauch ist flach und fest und der Nabel nicht beilförmig.«
»Und seine Zunge? Ist sie zu schwer? Stößt sie an beim Sprechen?«
»Ich weiß nicht, o Herr.«
»Du weißt es nicht?«
»Er spricht nicht, o Herr!«
Der König ging um den Gefangenen herum, betrachtete ihn sorgfältig von allen Seiten und sagte: »Es ist gut, daß du ihn zu mir gebracht hast, mein lieber Neffe. Vielleicht ist er würdig, der Titlacauan zu sein. Der Hüter des Hauses der Speere soll auf ihn achten.«
Der Häuptling verneigte sich vor dem Gefangenen.
»Gebt ihm schöne Kleider«, sagte Zorniger Herr. »Er soll hochgeehrt werden; und wenn er zu dick wird, so gebt ihm Salzwasser zu trinken, damit er schlank und sehnig bleibt.«
Weißer Adler galt nun als Ebenbild Tezcatlipocas; und wohin er kam, warf man sich nieder, berührte mit der Stirn die Erde und betete zu ihm. Er spielte auf der Bambusflöte, trug Blumenketten und Blumenkränze und lernte es, während des Flötenspiels an der

Zigarre zu saugen und den Duft der Blumen einzuatmen.
Im Haus der Speere wohnten außer Weißem Adler noch neun andere Jünglinge; und wenn der Monat Toxcatl anbrach, der Tezcatlipoca geweiht war, würde einer öffentlich zum Titlacauan, dem Ebenbild des Gottes, erklärt werden. Während die neun Jünglinge lächelnd die Gunst des Volkes von Tenochtitlan genossen, war Weißer Adler oft traurig; denn er konnte Smaragdblume nicht vergessen. Und wenn nachts die Holzpauken dröhnten und summten, wartete er sehnsüchtig auf ein Zeichen.
Eines Abends, als er im Schatten des mächtigen Wollbaums ruhte, erschien wieder der Mann, der die kleinen Götter herausspringen läßt.
»Ich habe meine Flöte vergessen«, sagte er.
»Nimm diese«, erwiderte Weißer Adler und gab ihm seine Bambusflöte.
»Auch habe ich keinen Schmuck und keine Blumen.«
Weißer Adler gab ihm seinen Schmuck und die Blumenketten. Nun war der Mann, der die kleinen Götter herausspringen läßt, zufrieden. Er öffnete seinen Beutel und rief etwas hinein. Und alsbald kam Smaragdblume heraus, nicht größer als ein kleines Kind.
Sie tanzte nach dem Flötenspiel des Zauberers, wuchs zu ihrer natürlichen Gestalt und sang: »O Titlacauan, wenn das Fest Toxcatl beginnt, werde ich deine Frau.«
Seit diesem Abend war Weißer Adler nicht mehr traurig und bemühte sich, der Beste unter den zehn Jünglingen zu sein. Er blies mit großer Kunst die Flöte, schleuderte den Speer weiter als alle anderen und traf mit seinen Pfeilen die kleinsten Vögel im Flug. Seine Gesänge waren so schön, daß die Leute von weit her herbeieilten, um sie zu hören, und sein Tanz war voller Anmut und Kraft.
Am ersten Tag des Monats Toxcatl wurde Weißer Adler vom König der Azteken, Zorniger Herr, öffentlich zum

Titlacauan erklärt. Er erhielt acht Krieger als Diener, die ihn auf allen seinen Wegen begleiteten. Der König beschenkte ihn mit Schmuck und kostbaren Gewändern; denn der Titlacauan war nun wie der Gott selbst, und jeder mußte ihm Ehre erweisen.
Sein Gesicht erhielt die gitterartige Bemalung in schwarzer Farbe; sein Kopfputz bestand aus weißen Adlerfedern, die bis zum Gürtel herabfielen, und seine Blumenketten glichen aufgeplatzten gerösteten Maiskörnern. Als Gewand hatte er den Netzmantel umgeworfen, der rings von einer Borte aus Kaninchenhaaren umgeben war. Seine Sandalen waren aus Jaguarfell gefertigt mit dem Zeichen der Obsidianschlange.
Während auf der Plattform des Tempels das Fest zu Ehren Tezcatlipocas begann, ging der Titlacauan zum Ufer des Sees hinunter. Ihm folgten die vier Diener mit der Kriegerfrisur und die vier anderen, deren Köpfe wie die der Palastsklaven geschoren waren. Am Waschplatz des Gottes, dem Ort, wo die Schlangen zischen, wo die Mükken summen, wo die Binsen rauschen und wo die Enten auffliegen, verrichtete der Titlacauan Buße und brachte das Wachtelopfer dar.
In der Mittagsstunde ging er zur Plattform des Tempels zurück und nahm seinen erhöhten Ehrenplatz ein. Überall in der Stadt fanden nun Feste und Gastmähler statt, und der König ließ vor dem Palast Geschenke austeilen. Abends brannten die Fackeln, und die Priester schwenkten vor dem Tempel Tezcatlipocas ihre Räucherbecken.
Es begann nun der Tanz der Jungfrauen. Sie hatten Wiesenblumenkronen im Haar und hielten ein Blumenseil in den Händen. Ihre Stimmen klangen wie helle Glöckchen. Sie bewegten sich in kleinen Schritten vor und zurück, hoben das Blumenseil über ihr Köpfe und verneigten sich im Takt der Musik.
Eine der Tänzerinnen war Smaragdblume. Sie trug das

Hüfttuch mit dem Herzblumenmuster von der Farbe reifer Kirschen und ein Hemd mit dem dunkelgrünen Wolkenmuster; und als sie sich vor dem Titlacauan verneigte, lösten sich ihre Haare und fielen bis zu den Hüften herab. Nach dem Tanz wählte Titlacauan vier Jungfrauen aus, die in den kommenden zwanzig Tagen seine Gefährtinnen sein würden. Er erhob sich von seinem Thron und führte Smaragdblume als Erste Gemahlin an seine Seite. Gleich darauf kamen fünf alte Frauen und nahmen sie in ihre Obhut, um sie wie eine Königstochter zu schmükken. In den Gesängen heißt es, daß es noch niemals ein so schönes Paar gegeben hat wie Smaragdblume und Weißen Adler. Sie lebten in Eintracht und Glück miteinander. Jeder Tag war ein Fest, und selbst der König begegnete ihnen mit Ehrfurcht.
Doch wer die Süße und Freude in so reicher Fülle genießt, dessen Glück geht bald zu Ende. Am fünfzehnten Tag des Monats Toxcatl kamen die Priester, um den Titlacauan auf seinen Opfergang vorzubereiten. Smaragdblume legte ihren Schmuck ab und kleidete sich in einen braunen Bettlermantel aus Agavefasern. Von dieser Stunde an war sie sein Schatten und wich nicht mehr von seiner Seite.
Weißer Adler aber erschien den Leuten heiter wie je, und niemand bemerkte die Traurigkeit, die sein Herz erfüllte. Am ersten Tag nach der Mahnung der Opferpriester feierte er in Tecauan das Fest des Schenkens. Am zweiten Tag spielte er im Haus der Speere auf der Flöte und erfreute sich am Tanz der Führenden Adler. Am dritten Tag feierte er auf einer Chinampa das Große Blumenfest. Und den vierten Tag verbrachte er beim Flötenspiel auf Tepepolco, einem im See gelegenen Felsen.
Am Morgen des fünften Tages, der mit Gesängen und Tänzen begann, bestieg er das blumengeschmückte Boot, das ihn zum Berg des Scheidens hinüberfahren sollte. Er

schickte alle seine Vertrauten weg, die ihn trösten und ermutigen wollten. Nur Smaragdblume, die ihre schönste Kleidung angelegt hatte, durfte ihn begleiten. Sie trug Ketten aus Wermutblüten, und auch ihr Haar war mit einem Kranz aus Wermutblüten geschmückt.
Als das Boot vom Ufer abstieß, weinten die Zurückbleibenden und warfen Blumensträuße ins Wasser. Smaragdblume aber war voller Heiterkeit und tröstete Titlacauan.
Im Angesicht der Opferstätte sprang sie in den stillen See und versank, ohne noch einmal aufzutauchen. So erleichterte sie ihrem Gemahl den Abschied.
Man erzählt sich, daß der Titlacauan seine Bambusflöte in Stücke zerbrach und mit ruhigem Gesicht die Stufen zur Opferstätte emporschritt. Die Abdrücke seiner karminroten Sandalen blieben bis zum heutigen Tag auf den Steinen zurück.
Die Geschichte vom Weißen Adler und Smaragdblume ereignete sich, als zum ersten Mal weiße Götter gesehen wurden. Sie kamen aus dem Land der Morgenröte. Ihre schwimmenden Türme glitten lautlos an der Küste des großen Himmelswassers entlang, und es hieß, daß die Herrschaft des Zornigen Herrn nun bald zu Ende geht.

In dem vorliegenden Buch »Der Pfefferschotenhändler« sind indianische Sagen und Märchen nach alten Texten frei nachgestaltet worden. Manchmal war es nur eine kurze Notiz, wie in der Geschichte »Weißer Adler und Smaragdblume«, die als Kern diente, manchmal waren es längere Passagen, wie in den Sagen um den Heros der Tolteken Quetzalcoatl, die zum Abbild einer gesellschaftlichen Entwicklungsetappe wurden.
Es handelt sich im wesentlichen um die Kultur der Tolteken und anderer Völker aus voraztekischer Zeit und um die später im Hochtal von Mexiko ansässig gewordenen Völker, die am Vorabend der spanischen Eroberung zum größten Teil unter aztekischer Herrschaft standen.
Schon in jenem »goldenen Zeitalter« von Tollan, als Quetzalcoatl die Tolteken das Kunsthandwerk lehrte, hatten sich die in Mittelamerika lebenden Stämme und Völkerschaften eine unübersehbare Zahl von Gottheiten geschaffen, die noch das Menschenopfer verschmähten, das erst in einer späteren Zeit von aztekischen Opferpriestern zu Ehren ihres mächtigsten Gottes Huitzilopochtli vollzogen wurde.
Huitzilopochtli ist im Mythos der Azteken ein großer Häuptling, mit überirdischen Gaben ausgestattet. Nach dem Übergang vom Jäger- und Sammlerdasein zum Akkerbau, nach der Gründung fester Ansiedlungen, die in harten Kämpfen erobert und verteidigt werden mußten, wuchs die Macht der Häuptlinge und Priester; und was auf Erden geschah, spiegelte sich in phantastischer Weise in der von den Azteken erdachten Götterwelt wider.
Aus dem einstigen Stammeshäuptling, der seinem Volke voranging, wurde der furchtbare Kriegsgott Huitzilopochtli, die Verkörperung der Sonne und des blauen Tageshimmels, Feuergott und Schutzherr der Stadt Tenoch-

titlan. Um seine Allmacht zu stärken und den Untergang der »fünften Sonne« zu verhindern, brauchte er die Götternahrung, »den schrecklichen Tau, mit dem man die Götter ernährt«. Darin liegt wohl der Ursprung der Menschenopfer, von denen in den alten Gesängen erzählt wird.

Wenn von Tollan die Rede ist, handelt es sich um Tula im Staate Hidalgo von Mexiko; Chalollan ist das heutige Cholula, und das sagenhafte Tlillan Tlapallan lag nach indianischer Vorstellung auf der Halbinsel Yucatan.

Die Märchen und Sagen der Indianer sind von größerer Beständigkeit als die aus Steinen erbauten Götterpyramiden, und wer sie kennenlernt, kann den weiten Weg ermessen, den die aus der sagenhaften Urheimat Aztlan aufbrechenden aztekischen Jägerstämme bis zu ihrer Seßhaftwerdung auf der unwirtlichen Insel im See von Tezcoco zurücklegten.

Im Jahre 1325, so erzählt die Sage, wurde die Hauptstadt der Azteken, Tenochtitlan, gegründet; im Jahre 1521 wurde sie von den spanischen Konquistadoren vernichtet. In den kommenden Jahrhunderten versandete der See, und eine neue Stadt wuchs auf gefahrvoll sumpfigem Grund. Im gleichen Zeitraum verwitterten die Ruinen der aztekischen Baudenkmäler oder wurden von Schlingpflanzen überwuchert; geblieben aber sind bis zum heutigen Tag die Märchen und Sagen. Weder der militärische Eroberer Hernando Cortes noch jener glaubenseifrige Bischof, der die auf Hirschleder oder Pflanzenfaserpapier gemalten Bilderschriften der Indianer auf großen Scheiterhaufen verbrennen ließ, konnten sie aus dem Gedächtnis der Menschheit auslöschen.

Franziskanische Mönche gründeten im Norden der zerstörten Stadt Tenochtitlan ein Seminar für aztekische Zöglinge, die dem Morden entkommen waren. Die jungen Azteken erlernten dort in kurzer Zeit die spanische

Sprache, schufen auf der Grundlage des lateinischen Alphabets eine aztekische Schrift und schrieben die Geschichte ihres Volkes von den Wanderungen in grauer Vorzeit bis zur Vernichtung Tenochtitlans nieder.
So sind uns neben ergreifenden Darstellungen des Kampfes der Adler- und Jaguarkrieger gegen die fremden Eroberer auch die alten Gesänge der Azteken und ihrer Vorfahren erhalten geblieben, die ebenso wie das Gilgamesch-Epos der Sumerer, der Rig-Veda der Inder, die Ilias und Odyssee der Griechen oder die Thora der Juden zu den größten Dichtungen der Weltliteratur gehören.

Willi Meinck

Inhaltsverzeichnis